Paul Katsitis

Mykonos Crime © 21
YARI'

AF220402

Bisher erschienen in dieser Reihe (Deutsch/Griechisch)

Serie 1:
Mykonos Crime 1 Die Bestie von Mykonos
Mykonos Crime 2 Rache
Mykonos Crime 3 Tattoo
Mykonos Crime 4 Der Drei-Sterne-Mord vergr.
Mykonos Crime 5 Inzest
Mykonos Crime 6 Skalpell
Mykonos Crime 7 Hass
Mykonos Crime 8 Sturm über Mykonos
Mykonos Crime 9 Die Maske
Mykonos Crime 10 Abseits
Mykonos Crime 11 Glut
Mykonos Crime 12 Putsch

Serie 2:
Mykonos Crime 13 Royals
Mykonos Crime 14 Trauma
Mykonos Crime 15 Khaled
Mykonos Crime 16 Spione
Mykonos Crime 17 Botschafter
Mykonos Crime 18 Libido
Mykonos Crime 19 Carneval
Mykonos Crime 20 Darknet
Mykonos Crime 21 Yariv
Mykonos Crime 22 Pontifex (Okt)

Bisher erschienen auf Hebräisch:

Mykonos Crime 1: שגריר
Mykonos Crime 2: הליבידו (Sep 2020)

Bisher erschienen auf Englisch:

Mikonos Crime 1: Abducted
Mikonos Crime 2: Confusion
Mikonos Crime 3: The prince
Mikonos Crime 4: Spy
Mikonos Crime 5: Beast
Mikonos Crime 6: Nightkids (Sep)

Paul Katsitis

Mykonos Crime© 21

Impressum
Titelfoto: shutterstock Ölgemälde: Katsitis
Innenteil shutterstock. istockphoto, Ölgemälde:
Katsitis

ISBN 9783751993944

Herstellung und Verlag BoD - Books on
Demand, Norderstedt

Angelos Nikakis, 31, ist Hauptkommissar auf Mykonos, zusätzlich auch noch Bürgermeister der „Partyinsel".

Angelos ist verheiratet mit

Khaled Nikakis, 26. Khaled war Kronprinz eines kleinen Emirats und verliebte sich während eines Kurztrips nach Mykonos unsterblich in Angelos. Er verzichtete auf alle Titel und heiratete Angelos.

Im Laufe der Ermittlungen zu „Darknet" lernen die beiden

Yariv Markaris, 28, kennen. Er arbeitet in der Sonderabteilung „Darknet" des Athener Polizeipräsidiums. Angelos verliebte sich sofort in ihn – und umgekehrt.

Abu Bakar, 38, beherrscht den Drogenhandel in der Ägäis. daher sind er und Kommissar Angelos Nikakis per se Feinde. Doch dann schließen die beiden ein Friedensabkommen der besonderen Art.

Die Ereignisse während der Corona-Krise auf Mykonos werden in diesem Buch korrekt wiedergegeben. Es gab im März zwei Fälle, beide Frauen. Es folgte ein totaler Lockdown.

Mykonos „öffnete" Mitte Juni, wenige Tage vor den anderen Inseln. Als am 1. Juli der Flughafen wieder für internationale Flüge geöffnet wurde … passierte nichts.
Die Insel blieb leer, es kamen fast keine Touristen. Und so blieben viele Hotels und Geschäfte geschlossen. Da auch keine Kreuzfahrtschiffe anlegen durften, war die Chora so leer wie seit den 70ern nicht mehr.
Hinzu kam, dass der Juli 2020 der kälteste der letzten 50 Jahre war. Der kalte Nordwind, der Meltemi, blies an 29 Tagen mit mindestens 5 bft.

Noch zwei kleine Hinweise, die für alle Krimis gelten:
Eine DNA-Untersuchung dauert in Deutschland manchmal sechs Monate, im Krimi muss sie aus dramaturgischen Gründen innerhalb weniger Tage vorliegen.
Gleiches gilt für den Fall, dass ein Hauptakteur angeschossen wird oder erkrankt. Kein Leser möchte den Ablauf von drei Monate Reha nachlesen müssen. Daher genesen Kommissare meist in erstaunlicher Geschwindigkeit.

1

Du machst jetzt sofort den Flughafen auf oder ich bestelle bei Herrn Assad eine Fassbombe und werfe sie auf die Villa Maximos", knurrte ein erzürnter Kommissar und Bürgermeister namens Angelos Nikakis.

„Ich mache diesen Corona-Mist nicht mehr mit!"

Premierminister Antonis Migiakis seufzte. Anrufe des Bürgermeisters von Mykonos gehörten zu den schweren Prüfungen des Lebens, obwohl beide befreundet waren.

„Ich kann den Airport nicht öffnen. Was glaubst du, was mir die anderen Insel-Bürgermeister erzählen, wenn ich Mykonos bevorzuge? Wieder einmal!"

„Dass der Herr Kommissar aus Mykonos deinen schwulen Personaltrainer gerettet hat", schlug Angelos vor.

„Sehr witzig!"

„Im Ernst. Der Unsinn ruiniert Leben. Von was sollen denn die einfachen Leute leben? Es gibt nicht nur Hoteliers und Milliardäre auf dieser Insel, sondern auch Kellner, Küchenhilfen …"

Migiakis verdrehte die Augen.

„Das höre ich jeden Tag. Dafür haben wir die Krise doch gut überstanden!"

„Super. Zum Preis einer ruinierten Wirtschaft und Hunderten von Selbstmorden", gab Angelos Nikakis zurück.

„Ich hatte zwei, ZWEI, Infizierte und du machst mir die Insel dicht. Dabei waren das nur Frauen!"

Migiakis lachte laut.

„Lass das mal nicht deine Wählerinnen hören!"

„Frauen dürfen wählen? Wusste ich gar nicht. Warum eigentlich?", fragte Angelos.

„Frauenfeindlich ist der Herr Bürgermeister nicht, oder?"

„Der Herr Bürgermeister ist schwul und allergisch gegen die Tonlage von Frauen", sagte Angelos.

„Die zwei infizierten Hühner waren hysterisch und wurden fast handgreiflich, als ich ihnen sagte, sie müssen nach Athen!"

„Stimmt es, dass du sie ins Gefängnis gesteckt hast?", fragte Migiakis amüsiert.

„Ja. Die Zellen sind im Keller und damit schalldicht. Das Virus kann nicht sehr intelligent sein, wenn es in solche Xanthippen hineinfliegt!"

„Und dein Wunsch, den Flughafen zu öffnen, hat nicht zufällig den Grund, dass der Herr Bürgermeister seinen neuen Lover nicht sehen kann?", stichelte Migiakis.

„Der Lover heißt Yariv. Zweitens ist er kein Lover. Das klingt nach schmutzigem Sex. Er liebt mich, ich liebe ihn. Basta!"

„Und was sagt dein Ehemann dazu?", setzte Migiakis nach.

„Der liebt mich und weiß, dass ich ihn nie verlassen würde. Khaled akzeptiert, dass ich halt noch einen zweiten Mann liebe. Ich habe mir das ja auch nicht herausgesucht", sagte Angelos, wohlwissend, dass die ganze Angelegenheit allen Beteiligten zusetzte.

Khaled, der seine Eifersucht im Zaum hielt und ihm keinerlei Vorwürfe machte.

Yariv, der bis über beide Ohren in Angelos verliebt war, jetzt aber wieder in Athen bei der Kripo arbeitete.

Und nicht zuletzt Angelos selber, der nicht verstand, warum er sich neu verliebt hatte, wo er doch den perfekten Mann als Partner hat.

Aber Gefühle lassen sich nun mal nicht steuern, meinte Khaled lapidar.

„Solange du genügend Liebe für zwei produzierst und mich nicht anlügst, werde ich dir nicht noch zusätzlich Ärger machen!"

Allein schon für diese Haltung liebte Angelos Khaled noch mehr.

„Er hat es auch nicht gerade leicht", sagte Khaled, nachdem das Telefonat beendet war.

Angelos seufzte.

„Ich weiß doch. Aber das Ganze übersteigt auch meine Kräfte. Jeden Tag diese bescheuerten Strandinspektionen, der Streit mit den Hoteliers um ein paar Zentimeter Abstand. Und das Gejammere, als ob die in den letzten zwanzig Jahren nicht genu8g verdient haben. Schlimm ist es für die kleinen Leute. Die haben keine Rücklagen!"

„Apropos kleine Leute. Wir müssen noch zwanzig Care-Pakete ausliefern", sagte Khaled.

Angelos stöhnte.

„Nimm mich mal in den Arm, mein Prinz!"

„Aber gerne!"

Angelos kuschelte sich an Khaleds Körper.

„Danke für die Hilfe. Allein hätte ich schon längst kapituliert", sagte Angelos.

„Dafür bin ich doch da! Außerdem weiß ich, dass du Yariv vermisst. Stimmt doch?"

Angelos nickte.

„Ich bin ehrlich: ja. Aber …"

„ …du liebst mich und würdest mich nie verlassen", ergänzte Khaled.

„Das ist nicht nur so dahingesagt. Yariv ist wahrscheinlich nur ein Streich des Schicksals und geht vorbei. Worauf du sicher hoffst!"

„Aber nicht um meinetwegen, sondern weil es dich belastet. Und ich mag ihn und er sieht nun mal zum Niederknien aus", sagte Khaled. „Aber er ist nicht ganz so schön wie du!"

Angelos lachte.

„Ich könnte dich schon allein wegen deines Humors nicht verlassen. Aber Yariv wird sich bald neu verlieben. Er bleibt garantiert nicht lange allein", sagte Angelos.

„Wenn er denn jemand anderen wollte. Aber er will nur dich. Aber so ging es mir ja auch. Das spricht ja eigentlich für ihn. Er liebt dich wirklich, auch wenn ich mir wünschte, er hätte sich jemand anderen ausgesucht", meinte Khaled.

„Objektiv hast du recht. Aber noch einmal die Wahrheit: im Moment würde es mir das Herz brechen", sagte Angelos und Khaled sah, wie schwer die Situation für seinen Mann war.

Ich komme klar damit, dachte Khaled. Angelos ist noch liebevoller zu mir als vorher. Und Angelos sagte ihm alles. Kein Telefonat hat er verheimlicht, kein Treffen, obwohl das letzte durch Corona schon eine gefühlte Ewigkeit her ist. Auch Yariv leidet bestimmt

Höllenqualen. Er ist in der gleichen Lage wie ich vor drei Jahren.

Und Kommissar Yariv Markaris litt wirklich. Nur zwanzig Flugminuten entfernt – aber momentan war es eine ganze Galaxie.

Plötzlich ging ein Ruck durch Angelos.

„Ich hab´s", sagte er und griff zum Handy.

„Eleni, bitte stell mich nochmal zum großen Zampano durch!"

Eleni, Vorzimmer-Herrscherin des Premierministers in der Villa Maximos, lachte nur.

„Kennen Sie denn kein Mitleid? Sie sind der nervigste Bürgermeister unter der Sonne. Aber zumindest einer der schönsten", sagte Eleni mit einem Lachen.

Premier Migiakis verdrehte jedoch die Augen, als er nochmals Angelos´ Stimme hörte.

„Ich habe eine Lösung!", sagte Angelos.

„Genau davor habe ich mich gefürchtet", knurrte Migiakis.

„Hör zu. Du erklärst, die Urlauber-Nationen wünschen einen Testfall, damit sie sehen können, dass wir Griechen alles für die Sicherheit der Urlauber tun. Und die Testinsel wird Mykonos und du machst meinen Flughafen auf. Zum Fünfzehnten", sagte Angelos.

„Aber das wäre eine glatte Lüge", protestierte Migiakis.

„Glatte Lügen gehören zu deiner DNA. Du bist Politiker!"

Migiakis lachte laut.

„Also gut. Die anderen werden toben. Sie wissen, dass wir befreundet sind. Sagen wir, Mykonos öffnet am 25.!"

„Fünfzehnten, Antonis", knurrte Angelos.

„Zwanzigsten", schlug Migiakis vor.

Es wurde der 15. Juni – sehr zum Gefallen von Angelos Nikakis. Und Migiakis hatte kapituliert unter der Bedingung, dass Angelos eine Woche lang nicht anruft.

„Das kann ich dir nicht versprechen. Mitunter habe ich Sehnsucht nach meinem Lieblings-Premier", sagte Angelos und lachte.

„Du hast höchstens Sehnsucht nach deinem .."

„Vorsicht, Antonis", knurrte Angelos.

„Na ja, verstehen kann ich es ja. Hübsch wäre eine Untertreibung. Ich hoffe nur, du weißt, was du tust", entgegnete Antonis.

„Nein, das weiß ich nicht. Ich bin vollkommen durch den Wind. Aber mein Mann hält zu mir!"

„Dann hast du mit ihm ein seltenes Exemplar erwischt. Ich wäre vor Eifersucht zerplatzt!"

„Das Schlimme ist: ich wahrscheinlich auch. Und da ich nicht an Gott glaube, kann mir nicht mal der helfen", sagte Angelos.

„Dann viel Glück. Es bleibt dann also beim Zwanzigsten!"

„Netter Versuch. Fünfzehnter und kein Tag später!"

Seine Insulaner wären froh, die Hoteliers werden entzückt sein. Die Kollegen aus Korfu und Kreta werden ihn zweifellos am Telefon beschimpfen, aber sie würden das zu hören bekommen, was es immer hieß: „Mykonos ist nun mal was Besonderes. Und wir zahlen die meisten Steuern" – was stimmte.

2

Kommissar Yariv Markaris war froh, als die Wohnungstüre hinter ihm ins Schloss fiel. Endlich Ruhe.
Nicht nur die normale Bevölkerung hatte das Ende des Lockdowns herbeigesehnt, auch die Kriminellen dürstete es nach normaler Beschäftigung. Sie hatten – flexibel wie sie sind – schnell von Hauseinbrüchen auf den „Besuch" von Geschäften umgeschaltet. Letztere waren unbesetzt und unbewacht, während Eigentümer und Personal zuhause eingesperrt waren. Auch Drogenhändler zeigten sich anpassungsfähig. Es gab nun Drogen per Hauslieferung – als Pizzaauflage.

Yariv musste lachen, als er daran dachte, wie ihm ein Kurier versuchte zu erklären, dass das Tütchen mit dem Pulver Parmesan sei, der auf die Pizza gehöre.

Nun war die Welt wieder wie vorher, abgesehen von der dämlichen Maske, unter der er fast nicht atmen konnte. Yariv ging zur Espresso-Maschine und zelebrierte den ersten Abendmokka. Er setzte sich in den Sessel und starrte die Wand an. Nein, er starrte das Bild an, welches an der Wand hing. Sein Kollege Angelos Nikakis aus Mykonos. Yariv seufzte. Es war zum Verzweifeln. Da hatte er nun endlich herausgefunden, was er eigentlich will – und dann spielte ihm das Leben diesen furchtbaren Streich und bescherte ihm eine Liebe, die nicht in Erfüllung gehen kann, zumindest nicht nach jetzigem Stand. Seine Liebe wurde erwidert, das schon – aber Angelos war verheiratet und wollte, konnte, seinen Mann nicht verlassen.

Beschwere dich nicht, sagte sich Yariv. Du wirst geliebt. Er lächelte beim Gedanken daran, wie er Angelos den Kopf verdreht hatte. Leider ging es nicht soweit, dass Angelos Khaled verlassen würde. Dahingehend war Angelos ehrlich. Warten wir es ab. Als Erstes ging es nur darum, dass ich ihn schnell wiedersehen kann. Fünfzehnter Juni. Yariv lächelte. Ob Angelos Nikakis diesen früheren Termin auch wegen mir durchgedrückt hat? Durchaus möglich, denn er liebt mich.

Yariv fuhr sich durch das pechschwarz-gelockte Haar und versuchte sich zu konzentrieren. Morgen um zehn Briefing für die Razzia am Abend. Er war stellvertretender Leiter des Drogendezernates geworden.

„Übergangsweise", wie ihm Polizeipräsident Siopsis mitgeteilt hatte. „Nach einem Jahr geht es in die Mordkommission. Wenn Sie dann noch möchten. Vielleicht sind sie bis dahin ja verheiratet und leben auf Mykonos!"

Siopsis hatte breit gelächelt.

„Ich wusste es. Ich habe es gesehen, als Sie zur Türe hereingekommen sind. Angelos hatte es da schon erwischt. Es war zu komisch!"

„Ich war etwas begriffsstutzig, aber nach ein paar Tagen war ich mir sicher. Und dann fielen auch sämtliche Mauern bei mir. Aber ich will nichts kaputtmachen, denn ich mag seinen Ehemann sehr. Andererseits will ich ihn nicht aufgeben. Na ja ... Aber Sie haben mich bestimmt nicht deswegen hochbestellt", hatte Yariv geantwortet.

Siopsis lächelte.

„Da täuschen Sie sich. Ich bin furchtbar neugierig, wie es weitergeht. Angelos ist wie ein Sohn für mich. Also keine Spielchen mit ihm. Er hat genug durchgemacht, wie Sie ja wissen. Die Vergewaltigung. Der Mord an seinem ersten Mann. Khaled hat ihm wieder Halt gegeben!"

Aber Siopsis sah Yariv an, dass er tatsächlich aufrichtig war. Die Liebe ist echt und das endet in einem Desaster, dachte Siopsis.

„Aber, Yariv, ich will nicht, dass es deine Arbeit beeinflusst!"

„Das tut es nicht. Oder haben Sie den Eindruck, ich arbeite weniger?"

„Nein, du Dussel. Ich meine, du sollst keine unnötigen Risiken eingehen. Verliebte sind der Welt entrückt. Nicht gut, wenn man in die Schlacht zieht. Man ist abwesend – und zack, hat man die Kugel im Kopf! Ich kenne das. Ich habe mir meine erste Kugel eingefangen, als ich frisch verliebt war. Gut, das ist lange her. 45 Jahre und hundert Kilo früher!"

Siopsis fing an zu lachen und die über 200 Kilogramm ließen den Boden förmlich erzittern.

„Sie leiten doch die Razzia in Rafina?"

Es war eine rhetorische Frage.

„Ja. Aber ich sehe keine großen Probleme. Wir sind mit 20 Mann vor Ort und die Sahas-Brüder sind zu dritt. Dürfte schnell gehen", sagte Yariv.

Siopsis zog die Augenbraue hoch.

„Verbannen Sie den Kollegen Nikakis für zwei Stunden aus Ihrem Kopf", sagte er.

Yariv seufzte.

„Als ob ich das könnte!"

3

Keiner rührt einen Finger, bevor ich das Kommando gebe. Und ich gehe als Erster rein", hörten die beiden Scharfschützen auf dem Dach des Schuppens, der gegenüber der mutmaßlichen Suppenküche der Sahas-Brüder lag. Zubereitet wurde alles, was das Rezeptbuch der Amphetamine an Reichtümern zu bieten hatte. Und selbst produzieren war natürlich margenträchtiger als der reine Handel.

Einer der Scharfschützen hielt das Mikrofon zu und sagte zu dem neben ihm liegenden Kollegen:

„Seit wann geht der Einsatzleiter als Erstes rein? Glaubt er, nur weil er jetzt schwul ist, prallen die Kugeln ab? Super-Homo-Man?"

Sein Kollege grinste.

„Dabei sagen die Kollegen, er hatte früher wirklich die schönsten Weiber. Tja, auf Mykonos wurde schon so mancher bekehrt!"

„Also mein Arsch bleibt Jungfrau", knurrte der andere. „Und überhaupt: Markaris ist viel zu jung für den Posten. Wahrscheinlich hat er nicht nur mit dem schwulen Kommissar auf Mykonos gepennt, sondern auch …"

„Halt die Klappe. Wenn Siopsis etwas davon mitkriegt, kommst du zur Verkehrsüberwachung. Beide sind doch seine Zöglinge!"

Der zweite Schafschütze hatte seinen Satz kaum beendet, als die Hölle losbrach. Ohne Signal und ohne andere Vorwarnung.

Blendgranaten, die aber nicht von der Polizei geworfen worden waren, sondern von den Sahas-Brüdern. Dann hörte man das Knattern von Automatik-Waffen. Die Herren hatten beschlossen, präventiv vorzugehen.

„Scheiße. Was ist da los?", rief einer der Scharfschützen. „Ist bei dir noch jemand auf Sendung?"

„Nein. Kein Kommando. Doch ... warte!"

Er hörte einen dumpfen Schlag und ein Stöhnen. Und den Satz: „Polizist verletzt".

Kurz bevor Kommissar Markaris vor dem Tor des Schuppens angelangt war, ging die Türe auf und die Granate blendete ihn. Er sah überhaupt nichts mehr, aber er spürte zunächst nur den Aufprall der Kugeln. Markaris stürzte. Ich habe keine Schmerzen, dachte er. Das kann kein gutes Zeichen sein.

4

Irini Ritsos sah in den Spiegel und seufzte. Acht Jahre Studium und Praktika, Und jetzt bin ich 30 und Ärztin beim staatlichen Gesundheitsdienst. Noch dazu auf Mykonos. Ich behandle Touristen, die einen Moskitostich für einen schnell wachsenden Tumor halten – und dies für ein lächerliches Gehalt. Wäre mein Gönner nicht unverschämt vermögend, könnte ich mir hier nicht mal eine Wohnung leisten.

Aber mit 30 haben die meisten Frauen die Phase des Prinzessin-Träumens hinter sich und fügen sich den pragmatischen Weisungen des Schicksals.

Lieben tut mich Philipos nicht. Ich ihn auch nicht. Aber das Arrangement hat seine Vorzüge – finanzielle, denn großzügig war er. Und ehrlich. „Frauen sind in meinem Plan die nächsten Jahre nicht vorgesehen. Sie sind ein Unsicherheitsfaktor, den ich nicht gebrauchen kann", hatte er am ersten Abend klargestellt.

Alles andere als romantisch, dachte Irini damals, aber wenigstens ehrlich. Da er nicht schwul war, und dies ist auf Mykonos durchaus ungewöhnlich, hatte er aber Bedürfnisse und die befriedigte Irini. Geräuschlos. Niemand wusste davon, denn seine Stellung als erfolgreicher Geschäftsmann und Politiker sollte von keinerlei Tratsch und Boulevard-Gossip begleitet sein. Aber vögeln will er trotzdem, dachte Irini, schluckte aber aufkommenden Ärger herunter, indem sie den Ring betrachtete, den Filipos ihr geschenkt hatte. Diamonds are the girl´s best friend.

Außerdem konnte sie ihren schrottreifen Studenten-Peugeot endlich entsorgen und einen knallroten SUV ihr Eigen nennen.

Erträumt hatte sich Irini etwas anderes, aber sie wusste, dass der Zeitpunkt des Verwelkens näher rückte und 19-jährige Instagram-Girls sie schnell ersetzen konnten. Die waren zwar meist dumm wie Stroh, aber Männer interessieren sich selten für den Intellekt einer Frau, auch wenn sie etwas anderes behaupten.

Irini fuhr von der Klinik in Richtung Ano Mera. Die Straße, auf der man früher nur im Schneckentempo fahren konnte, war dank Corona leer. Die Insel sollte erst in einer Woche wieder für Touristen geöffnet werden. Natürlich kümmern sich Männer wie Philipos um keinen Lockdown oder Reisebeschränkungen. Er war nicht weniger unterwegs als vorher und so würde Irini den ersten Teil des Abends allein verbringen. Auch kein größeres Problem. Ein Glas Dom Perignon im Schaumbad und die neueste Ausgabe der ,Vogue'.

Sie fuhr die Anhöhe hoch zu Philipos´ Anwesen, einer einstöckigen Villa, die sich über den gesamten Hügel erstreckte.

Genieße es, solange Philipos deiner nicht überdrüssig ist.

Sie gab den Code ein und die Türe öffnete sich. Irinis erster Weg führte sie immer zur Espresso-Maschine. Keine dieser widerlichen Kapselmaschinen, sondern eine Design-La-Pavoni. Sie setzte den Siebträger ein, als ihr mit einem Mal die Luft wegblieb. Dann folgte ein explosionsartiger Schmerz. Sie hielt sich am Hebel der Espresso-Maschine fest, doch es nützte nichts. Schon Im Fallen entwich das Leben.

5

Wann kommt denn Yariv nun? Lass mich raten: am Fünfzehnten mit der ersten Maschine", sagte Khaled schmunzelnd.

„Nein. Wir holen ihn Punkt Mitternacht in Athen ab", antwortete Angelos lapidar.

„Herrje. Da hat aber jemand Sehnsucht. Würdest du …?"

„Lass es, Khaled. Du weißt genau, dass ich dich ebenso vermissen würde. Ich …"

Angelos ließ die Arme hängen.

Khaled umarmte ihn von hinten und meinte: „Pssst. Ich versuche, nicht eifersüchtig zu sein. Und du nimmst bitte nicht jedes Wort krumm!"

Angelos nickte schwach.

„Sag mir, wie man aufhören kann, jemand zu lieben, den man nicht lieben darf!"

„Niemand sagt, du darfst ihn nicht lieben. Außerdem kann ich dir da nicht behilflich sein. Ich war noch nie in der Lage – und möchte es auch nie sein", sagte Khaled.

„Dann hoffen wir mal beide, dass er sich bald neu verliebt und aus meinem Kopf verschwindet", meinte Angelos.

„Er ist nicht nur in deinem Kopf, sondern auch im Herzen. Und da er jedes Mal, wenn er dich sieht, strahlt, als hätte er einen Sechser im Lotto, stehen die Chancen diesbezüglich schlecht. Aber ich halte das aus. Es passiert nichts, von dem ich nichts weiß. Nichts geschieht hinter meinem Rücken – also: alles gut!"

Was stimmte. Bei jedem Telefonat konnte Khaled mithören und Angelos zeigte ihm jede SMS.

„Das alles ist viel schlimmer als ein Virus", knurrte Angelos.

„Gegen beides gibt es keine Impfung. Und einen ‚Lockdown' nur für dich hielte ich für übertrieben. Außerdem müsste ich dich anketten, wenn Yariv seine Löckchen in die Stirn zieht und schaut, als stünde er Allah persönlich gegenüber", sagte Khaled kichernd.

„Er ist Jude, also kann es nicht Allah sein", entgegnete Angelos.

Doch weder Allah noch Gott und auch nicht Jahwe meinten es gut mit den Beteiligten.

Angelos´ Handy brummte.

„Siopsis?", fragte Angelos beunruhigt.

Viel hatte Siopsis nicht zu sagen.

„Schwing deinen Arsch hier hoch. Dein Freund hat einen Einsatz versaut und sich zwei Kugeln eingefangen. Universitätsklinik. In einer Stunde!"

Damit war das Telefonat beendet – und Angelos saß kreidebleich auf einem Stuhl in der Küche, unfähig zu reagieren.

„Was ist, mein Sonnenschein?"

„Yariv. Krankenhaus. Schusswunden!"

Mehr brachte Angelos nicht heraus.

Khaled zog ihn vom Stuhl hoch.

„Gott sei Dank hat ein Kronprinz einen Hubschrauber, wenn auch gebraucht!"

Aber Angelos hörte nichts.

Siopsis´ kurze Erklärung war ein mehr als deutlicher Hinweis darauf, dass er ihm die Schuld gab.

Du hast dem Jungen den Kopf verdreht und zwar so, dass er seine Arbeit nicht mehr anständig verrichten konnte.

Und tatsächlich fühlte sich Kommissar Angelos Nikakis verantwortlich.

6

Als in Ornos sich die Rotorenblätter zu drehen begannen, stand Philipos Samaris noch immer wie versteinert in seiner Küche. In der Regel ein Mann der Tat, ein Mann, der auch in schwierigsten Situationen die Nerven behielt und blitzschnell Entscheidungen traf, ließ ihn der Anblick der toten Frau mit dem Messer im Rücken erstarren. Nicht dass ihn der Verlust von … Ele .., halt: Irini, in irgendeiner Weise persönlich berührt hätte, nein, er versuchte, zu ergründen, wie er sich diesem unangenehmen Umstand würde entziehen können, ohne geschäftliche oder politische Turbulenzen. Kurz überlegte er, ob er die Leiche nicht ins

Auto packen und bei Lia ins Meer werfen sollte. Philipos Samaris verwarf diese Möglichkeit, denn er wusste, dass der Bürgermeister die ganze Insel mit Kameras hatte zupflastern lassen. Zudem verzogen sich Liebespärchen gern in die Einöde von Lia, um dort ihr zweistündiges Kennenlernjubiläum entsprechend zu feiern. Gut, die würden ihn selbst mit einer Leiche wahrscheinlich nicht wahrnehmen, aber dennoch …

Hätte ich mir nur irgendeines dieser blöden jungen Dinger zugelegt. Die hätten den Mörder sicher gebeten, eine Aufnahme des Messers machen zu dürfen. Für ihren Instagram-account natürlich.

Herrgott. Außerdem leckte die Leiche und das auf dem teuren Marmorboden.

Philipos ging zum Küchenschrank und holte sich aus der Schublade ein Päckchen Zigaretten. Bestimmt zwei Jahre alt, denn als Politiker sollte man tunlichst nicht rauchen. Seine Karriere als Nichtraucher war hiermit beendet und tatsächlich: nach mehreren Zügen und dem Nikotinschub konnte er klarer denken. Die örtliche Polizei kommt nicht infrage – der Kommissar ist mit dem großen Zampano befreundet.

Samaris wurde ärgerlich. Dieses dumme Weibsstück hätte ja auch woanders mit dem Messer Bekanntschaft machen können. Der

Mord, der für Samaris ein lästiger Zwischenfall war, kam zur Unzeit. Er war seinem Ziel so nahe, nur noch wenige Monate davon entfernt – und jetzt das. Er überlegte noch einmal und entschied sich dafür, den Innenminister anzurufen. Der würde wissen, was zu tun ist.

7

Und wer zum Teufel sind Sie?", fauchte die Oberschwester auf der Intensivstation. Der Ton und die Stimmlage entsprachen exakt dem Triggerpoint, den Frauen bei Angelos schnell erreichten.
Er konnte Frauen schlicht nicht leiden. Daher verstand er auch nicht ansatzweise, warum Männer sich in Frauenkleider stecken. Jeder darf machen was er will, aber man muss es nicht mögen, sagte Angelos einmal zu einer zwei Meter großen Diva, die ihn als ‚Hetero-Schwuchtel' bezeichnet hatte.
Frauen sind laut, lästig, neugierig und die meisten können nicht mal kochen, hatte

Angelos einmal verkündet. Khaleds Gegen-
argument, dass es ohne sie keine
Fortpflanzung gäbe, ließ er nicht gelten.
Keine Sorge, wir schaffen es schon noch, dass
du schwanger wirst, hatte Angelos grinsend
erwidert.

Auf jeden Fall erfüllte die Oberschwester in
der Klinik alle Voraussetzungen für einen von
Angelos´ Tobsuchtsanfällen, was Khaled sofort
registrierte und Angelos hinten am Gürtel
festhielt.
„Ruhig, Brauner! Lass mich das machen!"
Mit seinem charmantesten Lächeln fragte
Khaled:
„Junge Frau" – Angelos prustete los –
„Schauen Sie doch bitte einmal nach, ob bei
der Einlieferung irgendwelche Angaben
gemacht wurden. Nächste Angehörige und
so …"
Widerwillig tippte die Oberschwester auf ihrer
Tastatur herum.
„Nächster Angehöriger … ein gewisser
Angelos Nikakis!"
Angelos verdrehte die Augen. Das war
Siopsis´ dezenter Hinweis, dass ich mich
gefälligst um Yariv kümmern soll. Hätte ich
auch so gemacht.

„Gut. Der Herr mit dem hochroten Kopf neben mir ist Herr Angelos Nikakis. Und ich bin Khaled Nikakis!"

„Brüder?", lautete die unvermeidliche und dämliche Frage.

„Nein. Verheiratet!"

Die Oberschwester bekam den Mund nicht mehr zu, flüsterte etwas von „Armes Griechenland" und kramte aus einem Schrank Mundschutz, Plastikstulpen und Handschuhe heraus.

„Anziehen. Zimmer 712. Verstehen tut er eh nichts", lautete ihr knapper Kommentar.

„Könnten wir vielleicht einen Arzt sprechen?", fragte Khaled höflich.

„Schauen Sie doch einmal auf die Uhr! Der Chirurg hat vier Stunden operiert und möchte vielleicht auch ein bisschen schlafen. Sie können ihn morgen um sieben fragen!"

„Darf ich sie jetzt schlagen?", fragte Angelos, aber Khaled schob ihn in Richtung Gang.

Zimmer 712 lag ganz am Ende.

Yariv hing an mehreren Schläuchen und die Apparate blinkten. Am Kopf war nichts zu sehen.

Khaled griff nach dem guten, alten Klemmbrett, das am Fußende des Bettes hing.

„Lungendurchschuss, Perforation der Leber. Da hat es den Kleinen ganz schön erwischt!"

Der „Kleine" war gerade mal fünf Zentimeter kleiner als Khaled, aber zwei Jahre älter, daher war der Spitzname etwas irreführend.

„Aber selbst mit mehreren Kugeln sitzt die Lockentolle perfekt. Ist die hinbetoniert?", fragte Khaled.

„Keine Witze, bitte", sagte Angelos leise und griff nach Yarivs Hand. Plötzlich war von draußen Getöse zu hören und der Boden vibrierte. Die Türe ging auf und hereinge-fahren kam eine Art mobile Sitzbank, die von zwei Polizisten geschoben wurde. Ein Motor hätte bei Siopsis´ Gewicht kapituliert. Und der Polizeipräsident war nicht bester Stimmung.

„Bravo. Der Junge war hetero und führte ein normales Leben. Dann kommst du mit deinem Zauberstab daher und schwupps, bekomme ich einen schwulen Kommissar zurück, der auf Wolke 7 schwebt. Glückwunsch!"

„Jetzt mal langsam. Also ich mag den Zauberstab. Außerdem war es Ihr kleiner Kommissar, der meinen Ehemann angebag-gert und ihm den Kopf verdreht hat", sagte Khaled bestimmt.

Siopsis seufzte.

„Er ist als Einsatzleiter vorneweg. So dumm ist nicht mal ein Streifenpolizist. Das Gute ist: er wird wieder. Das bedeutet: du kümmerst dich um ihn, bis er wieder einsatzfähig ist. Seine Familie lebt auf Rhodos und sie verstehen sich nicht gut. Als erstes braucht er frische Wäsche. Sein Schlüssel liegt auf dem Nachtkästchen. Die Adresse steht auf dem Klemmbrett. Sobald er transportfähig ist, nimmst du ihn bei dir auf. Oder bei euch, mir egal. Ich will einen gesunden Mitarbeiter zurück, der im Kopf wieder normal ist!"

Noch immer hatte Angelos nichts gesagt.

„Liebt er ihn etwa auch?", fragte Siopsis Khaled.

Der nickte. „Sehr!"

Siopsis ließ den Kopf hängen.

„Und Sie spielen da mit?"

„Angelos ist mein Mann. Man rennt nicht davon, wenn es schwierig wird", sagte Khaled.

Siopsis schaute, als hätte Khaled nicht alle Tassen im Schrank.

„Auf der Insel leben nur Verrückte. Hör zu, Angelos, ich mag dich sehr, aber bring dein Leben in Ordnung und vor allem das meines Kommissars. Ich hoffe, du hast nicht mit ihm geschlafen …!"

„Äh. Einmal. Mit Genehmigung von Khaled. Es war eher eine Art Einführungskurs", sagte Angelos.

Siopsis schaute noch entgeisterter.

„Er heißt aber immer noch Markaris oder heißt er schon Nikakis?"

„Sehr witzig, Ektor", knurrte Angelos.

„Jungs, schiebt mich hier raus, sonst kriegen wir auch noch den Nikakis-Virus. Dagegen ist Corona ein Dreck. Also: Er braucht Wäsche und du kümmerst dich um ihn. Das kann man auch anders machen, als seinen Penis irgendwo reinzustecken!"

„Das würde Yariv wohl am schnellsten kurieren lassen", bemerkte Khaled lapidar.

„Ihr könnt mich alle mal am Arsch lecken", sagte Angelos beleidigt und marschierte aus dem Zimmer.

Khaled zuckte mit den Schultern.

„Er ist komplett durch den Wind! Aber er ist zu mir liebevoller als je zuvor. Nicht aus schlechtem Gewissen, denn er liebt mich und würde mich nie verlassen!"

„Dann achten Sie bitte auf beide", sagte Siopsis und wurde davongerollt.

8

Philipos Samaris lag auf seiner Designer-
liege auf der Terrasse. Er fluchte, weil er
dringend einen Espresso brauchte, die
Küche aber nicht betreten konnte. Die Leiche
des Frauenzimmers begann doch tatsächlich
zu riechen. Und das penetrant.

Aber das war der Preis, den er dafür zahlen
musste, dass die Ermittlungen nicht ihren
normalen Gang gehen würden. Der Innenminister, der seinen Wohlstand nicht seinem
Gehalt, sondern einem windigen Immobilien-
geschäft zu verdanken hatte, das Samaris
eingefädelt hatte, versprach ihm, die
Ermittlungen Athen zu übertragen – aus
„nationalem Interesse". Keiner hatte aber
damit gerechnet, dass Polizeipräsident Siopsis
sich einen Dreck um Anweisungen aus der
Politik scherte. Darüber hinaus fehlte ihm
ohnehin schon ein Kommissar und überhaupt
würde er niemals im Revier von Angelos
wüten. Außerdem: wenn dieser Drecksack
Samaris nichts zu verbergen hätte, warum
sollte er dann den Innenminister anrufen, um
die Ermittlungen umzuleiten? Was der
saubere Herr Minister kann, das kann ich
schon lange. Und so leitete Siopsis die
Ermittlungen erneut um und rief in Mykonos

an. Angelos sollte sich erst um Yarivs Sachen kümmern, das Rathaus hat er beauftragt, Angelos erst nach 12 Uhr anzurufen. Er würde nicht erfreut sein, denn erstens hatte er nicht eine Stunde geschlafen und zweitens war er offensichtlich privat etwas durcheinander – um es vorsichtig auszudrücken.

9

Khaled und Angelos standen vor der Türe von Yarivs kleinem Apartment in einem Wohnblock im Süden Athens.
„Wir könnten ein kleines Nickerchen machen", schlug Khaled vor und sperrte die Türe auf.
„Ein Nickerchen In einer fremden Wohnung? Ich weiß nicht …"
Aber weiter kam Angelos nicht, denn Khaled hatte den Lichtschalter betätigt. Der Gang stand voller Kartons, so als wäre Yariv vor fünf Minuten eingezogen. Nächste Türe. Licht an. Ein einziger großer Raum mit Küchenzeile, Bett und Couch.

„Oh mein Gott", sagte Angelos und starrte auf die Wand hinter der Couch.

„Ich glaube, wir haben ein Riesenproblem", fügte Khaled hinzu.

Über dem Fernseher hing ein riesiges Angelos-Poster. Aber es war nicht nur ein Bild, sondern bestimmt zehn, kleine und große. Angelos in allen Varianten.

„Wenigstens kein Bild mit Erektion", knurrte Khaled. „Ansonsten ist das nichts anderes als ein Altar!"

Angelos wusste noch immer nicht, was er sagen sollte. Wann zum Teufel hatte er die Bilder gemacht? Angelos ließ sich auf die Couch fallen.

„Das ist nicht normal", sagte Khaled grantig.

„Hör auf. Er darf in seiner Wohnung aufhängen, was er will. Wir dürften gar nicht hier sein. Mir ist das eher peinlich, als dass mich die Bilder stören!"

„So? Aber mich stören sie", knurrte Khaled.

„Ist es deine Wohnung? Nein. Herrgott. Der Kleine ist 28 und vor vier Wochen hat sich sein ganzes Leben verändert. Klar, dass er durch den Wind ist. Er ist halt verliebt. Und? Das warst du auch. Außerdem ändern ein paar Bilder nichts daran, dass er offensichtlich niemand hat, der sich um ihn kümmert!"

„Dir ist schon klar, dass der Herr auf den Bildern zufällig mein Mann ist", sagte Khaled.

„Himmel!. Er ist ja nicht nach Mykonos gefahren mit der Absicht, sich in seinen Kollegen zu verlieben. Das passiert halt, manchmal recht schnell. Jedenfalls liegt er auf der Intensivstation und hinterher muss sich jemand um ihn kümmern – und das werden wir tun. Er ist unser Freund, zumindest hast du das immer gesagt. Was ändern ein paar Bilder an der Wand daran?", fragte Angelos zunehmend gereizt. „Du bist 5.000 Kilometer wegen mir geflogen. Das macht man, wenn man verliebt ist. Und es ist auch egal. Ich möchte jedenfalls nicht, dass er sich allein gelassen fühlt. Möchtest du aus dem Koma aufwachen und niemand ist da?"

„Willst du dich vielleicht zu ihm ins Bett legen?", raunzte Khaled zurück.

Im Raum wurde es zunehmend eisig.

„Alex hat genau das bei mir gemacht. Und bei dir wäre ich auch Tag und Nacht im Krankenhaus!"

„Ich bin ja auch dein Mann!"

„Ah. Ich darf mir also keine Sorgen und Gedanken machen über andere Menschen? Über Freunde?"

„Er ist nicht nur dein Freund, du liebst ihn!"

„Habe ich das je bestritten? Ich habe dir immer alles erzählt. Als ich gemerkt habe, dass mit mir etwas nicht stimmt – was habe ich gemacht? Dir davon erzählt. Als ich mir sicher war, dass ich Gefühle für ihn habe: ich habe es dir gesagt. Da hattest du noch Verständnis und wolltest mir zur Seite stehen. Hat aber nicht lange gehalten", rief Angelos in einer Lautstärke, die ohne jeden Zweifel die Nachbarn aufhorchen ließ.

„Da wusste ich auch noch nicht, dass mein Nebenbuhler ein Psychopath ist", schrie Khaled.

„Ein Psychopath? Wegen ein paar Bildern? Und er ist nicht dein Nebenbuhler, Herrgott!" Leider versäumten es die beiden, rechtzeitig ‚Cut' zu rufen und der erste richtige Streit eskalierte.

Khaled packte das größte Bild und zerschlug es auf dem Boden. Anschließend rannte er wortlos aus der Wohnung hinaus und knallte die Türe zu.

Angelos packte Yarivs Sachen und fuhr mit dem Taxi in die Klinik. Gegen 9 Uhr schlief er auf einem Stuhl neben Yarivs Bett ein.

Es war ein Nickerchen von gerade mal fünf Minuten, dann kam ein Arzt herein und griff ihm an die Schulter.

„Guten Morgen, Sie sind der nächste Angehörige?", fragte der Arzt.

Angelos war für Erklärungen zu müde und nickte.

„Gut. Herr Markaris wird es wohl überstehen, außer er bekommt eine Infektion. Das weiß man nie. Aber Sie brauchen die nächsten drei Tage nicht hier sitzen. Wir haben ihn ins künstliche Koma versetzt und werden ihn erst Montag wieder zurückholen!"

„Bitte sagen Sie mir rechtzeitig Bescheid. Er soll nicht alleine aufwachen", sagte Angelos, der kaum noch klar denken konnte.

„Das ist gut – und anständig. Ist heutzutage selten. Ich rufe Sie an", sagte der Arzt.

Was mache ich jetzt, fragte sich Angelos. Wie komme ich jetzt nach Hause? Na, wie wohl, sagte die Stimme im Kopf. Mit einem normalen Flugzeug so wie früher. Als Angelos ins Taxi stieg, konnte er gerade noch „Aerodromio" sagen, dann nickte er wieder ein. Doch schon auf der Fahrt brummte das Handy.

Bestimmt Khaled. Ich gehe nicht ran.

Aber es war Gabriel, Angelos´ rechte Hand im Rathaus.

„Was ist?", knurrte Angelos.

„Jassu. Ich habe 25 schwere Fälle für dich", sagte Gabriel.

„Was bitte?"

„24 Hotelbesitzer, die Kollegen anzeigen, die die Hygienevorschriften nicht einhalten. Ach ja, und dann haben wir eine Frauenleiche in Ano Mera!"

„Ruf den Arzt. Der soll auf den Totenschein ‚Häuslicher Unfall' schreiben", knurrte Angelos.

Gabriel lachte.

„Die Dame hat ein Messer im Rücken. Das stelle ich mir schwierig vor. Komisch ist nur, dass die Nachricht aus Athen kam. Andererseits auch nicht, weil es passierte im Haus von … du glaubst es nicht: Philipos Samaris!"

„Na bravo. Ist ihm sein neuestes Flittchen auf die Nerven gegangen? Wenn das die Medien erfahren, bricht die Hölle los!"

„Deswegen meinte Siopsis auch, du solltest vorsichtig sein. Und vorläufig auch nicht mit deinen zwei Männern schlafen. Ich vermute, er meint mit dem zweiten Yariv?"

„Der hat andere Sorgen als Sex – und ich auch!"

„Und Khaled?", fragte Gabriel.

„Frag mich was Leichteres. Der arabische Dickschädel ist beleidigt!"

„Du hast doch nicht etwa Yariv mit deinem Zauberstab beglückt?"

„Wo zum Teufel habt ihr nur dieses bescheuerte Wort her?", regte sich Angelos auf.

„Also doch", antwortete Gabriel lachend.

„Es ist nicht so, wie du denkst. Ich erzähle es dir später. Bitte buch mir doch ein Zimmer in den ‚Bill and Coo-Suites' auf unbestimmte Zeit. Ich will, dass der Kleine es schön hat, wenn er aus der Klinik kommt!"

„Ich hab ihn ja noch nicht gesehen. Aber bei 900 Euro pro Nacht muss er eine Schönheit sein!"

„Darum geht es nicht. Was ist passiert, als du aus der Klinik entlassen wurdest?", fragte Angelos gereizt.

„Du hast dich wie eine Mutter um mich gekümmert, wofür ich dir immer dankbar sein werde. Wenn Khaled beleidigt ist, nehme ich an, du kommst mit einem Linienflug. Soll ich dich abholen?"

„Nein. Du müsstest mit dem Rollstuhl…"

„Ich bin schneller am Parkplatz als manche Frau mit Stöckelschuhen. Außerdem brauchst du am Tatort Hilfe. Ich warte am neuen Terminal und hole den Herrn Bürgermeister ab!"

„Doofkopf", sagte Angelos und lief zum Gate, wo der rostige Clipper von Volotea schon wartete.

10

"Gott schütze den Herrn Bürgermeister", sagte Gabriel, als Angelos in den Smart einstieg.

"Noch so ein blöder Spruch und ich lasse dich samt Rollstuhl in Ornos vom Berg hinunterrollen", knurrte Angelos, "aber danke fürs Abholen. Du musst mir bei der Leiche helfen. Ich kann nicht mehr klar denken. Was für ein beschissener Tag gestern!"

"Was ist denn passiert?", fragte Gabriel und Angelos erzählte es auf dem Weg nach Ano Mera.

"Und? Was ist daran so schlimm, dass er ein paar Fotos an der Wand hängen hat? Bei mir hängt auch ein Foto von dir", sagte Gabriel.

"Bitte was? Warum das denn?"

"Du bist nicht gerade hässlich und außerdem hast du mich wieder ins Leben zurückgeholt, ein Auto gekauft und mir einen Job besorgt!"

"Aber du onanierst doch nicht etwa vor dem Bild", sagte Angelos und grinste.

"Nächste Frage", antwortete Gabriel lachend.

"Herrje. Sag das bloß nicht Khaled. Sonst glaubt er noch. dass wir es im Rathaus auf der Toilette treiben!"

„Wie sollte das denn gehen? Ich komme nicht mal zur Türe rein!", beschwerte sich Gabriel. „Sag nicht, dass das Ding immer noch nicht umgebaut wurde", sagte Angelos. „Der Auftrag ist doch schon vor drei Monaten raus!"

„Angefangen haben sie auch gleich. Nur waren die meisten Arbeiter Bulgaren und die durften ja nicht mehr ins Land", erklärte Gabriel. „Und jetzt dürfen sie auch erst am Fünfzehnten nach Mykonos. Das Projekt Toilette dauert wohl noch bis Weihnachten!" Angelos verdrehte die Augen.

„Was für ein Schwachsinn in einem Land, dass kein hundert Tote hatte. Davon waren 70 über achtzig Jahre alt und alle sind *mit* Corona gestorben aber eben nicht *an!*"

Sie bogen in Ano Mera links ab in Richtung Foko. Das unberührte, aber auch unwirtliche Mykonos. Rechts, auf einem Plateau konnten sie schon das Anwesen von Philipos Samaris sehen.

Sie bogen ab, passierten das schmiedeeiserne Tor und parkten vor dem Eingang.

„Wow. Die Bougainvilleas schauen klasse aus", sagte Gabriel. Die gesamte Front leuchtete fast in purpur.

„Leider falsch. Wie die meisten Bougainvilleas auf der Insel. Es fehlt halt am Wasser", meinte Angelos. „Na, dann mal los!"

Kommissar Angelos Nikakis zog Gabriels Rollstuhl über die drei Stufen und klingelte. Es öffnete ein Schrank. Mehr breit als lang. Bulgare oder Ukrainer.

„Kripo Mykonos. Wir würden gerne zu Herrn Samaris. Und vielleicht könnten Sie meinen Kollegen schieben. Kräftig genug sind Sie ja!"

„Wer ist das, Iwan?", hörte man eine Stimme von der Terrasse.

„'Das' ist die Kripo", sagte Angelos und ging Richtung Terrasse.

Da erschien Philipos Samaris. Eine große, durchtrainierte Gestalt, braunes Haar und blaue Augen. Definitiv kein reinrassiger Grieche.

„Nikakis. Ich bin der örtliche Kommissar. Wo ist die Leiche?"

„In der Küche. Ich wäre Ihnen sehr dankbar, wenn sie möglichst schnell abtransportiert werden könnte. Schließlich muss meine Haushälterin kochen und ich brauche meine Espresso-Maschine!"

Sehr pietätvoll, dachte Angelos und beschloss, dass die Leiche unter irgendeinem Vorwand noch länger in der Küche bleiben würde.

„Tja, hätten Sie mal nicht Athen, sondern uns angerufen", knurrte Angelos.

Mist, dachte Philipos. Das ist doch der Kommissar von Mykonos und genau den wollte ich

vermeiden. Andererseits: er soll gut sein –
dann findet er den richtigen Mörder, denn:
ich war es nicht.

Irini lag derweil 17 Stunden in der Küche. Das
bisher keine Madenautobahn zu sehen war,
lag an der hochgedrehten Klimaanlage. Und
dann war da noch etwas. Es roch nach ….
Lavendel.

„Sagen Sie jetzt bitte nicht, Sie haben hier ein
Raumspray verwendet", blaffte Angelos. Das
Zeug verklebt alle Mikrospuren.

Doch Samaris ließ den Vorwurf an sich
abprallen.

„Haben Sie eine Ahnung, wie das gestunken
hat?"

„Als Kommissar habe ich mitunter mit Leichen
zu tun. Und Sie werden genauso riechen,
wenn Sie eines Tages das Zeitliche segnen. Im
Übrigen: wie lange macht die Dame hier
schon ihr unfreiwilliges Nickerchen?", ätzte
Angelos.

„Woher soll ich das wissen? Ich kam gegen 23
Uhr nach Hause und da lag sie halt da!"

„Auf die Idee, die Polizei zu rufen, kamen sie
wohl nicht. Ich nehme an, es war der Schock,
nicht wahr?"

„Genau das", erwiderte Philipos mit einem
angedeuteten Grinsen.

„Und wer ist die Dame?", fragte Angelos.

„Irini Ritsos. Ärztin in der staatlichen Klinik. Wir hatten keine richtige Beziehung. Es war mehr ein gegenseitiger Deal!", antwortete Philipos.

„Ah. Luxus, als Gegenzug Sex", sagte Angelos.

„Tja. Das ist wie bei Ihnen und Ihrem Kronprinzen!"

Angelos schraubte es den Blutdruck hoch, aber Gabriel hielt ihn am Hosenbund fest.

„Gut. Sie wollten sich ihrer entledigen, weil Sie eine Neue haben oder weil die Dame etwas entdeckt hatte, was Ihnen schaden könnte!"

„Vorsicht, Herr Kommissar. Das ist hart an der Grenze zur Verleumdung", raunzte Samaris.

Angelos lachte.

„Nein. Das nennt man Ermittlungsansätze!"

„Sie brauchen nicht nach dem Motiv suchen. Zumindest nicht bei mir, denn: ich war es nicht. Ich kam um 23 Uhr nach Hause und da war sie schon tot!"

„Ah. Und Sie dachten: da schlafe ich erstmal eine Nacht drüber", bemerkte Angelos süffisant. „Natürlich können Sie mir sagen, wo Sie an dem Abend waren!"

„Selbstverständlich. Auf einer Sitzung des Parteivorstandes. Und danach bin ich mit ‚Sun Express' nach Mykonos geflogen. Passagierliste und Ankunftszeit können Sie sich ja selbst besorgen!"

„Was soll das beweisen. Sie könnten die Frau auch erst um 23 Uhr erstochen haben", sagte Angelos.

„Wohl kaum. Ich glaube, man kann das über die Körpertemperatur feststellen. Außerdem wurde ich von meinem Security-Mann begleitet!"

Ein bulgarischer Schläger als Zeuge. Sehr überzeugend, dachte Angelos.

„Das hätte man über die Temperatur feststellen können, ja. Dafür ist es jetzt wahrscheinlich zu spät!"

„Nun, Herr Kommissar. Sie haben doch überall Kameras anbringen lassen. Da dürfte deutlich zu sehen sein, dass sie nach ihrer Arbeit hierhergefahren ist. Außerdem hat sie mir eine SMS geschickt, dass sie schon da wäre", sagte Samaris.

„Das sagt gar nichts, denn – wie gesagt: Sie hätten sie auch später erstechen können!"

„Warum sollte ich drei Stunden warten, wenn ich sie doch ermorden wollte?". fragte Samaris grinsend.

„Im Zuge eines Streites. Dann wäre es immer noch Totschlag", antwortete Angelos. „Aber lassen Sie mich erstmal meine Arbeit machen!"

„Ich hole den berühmten Koffer", sagte Angelos zu Gabriel. „Schau dich bitte mal etwas um!"

„Du meinst, roll etwas herum", antwortete Gabriel.

Ganzkörperschutz, Handschuhe, Ampullen. Angelos beugte sich über die Leiche und murmelte vor sich hin.
„Hätten Sie vielleicht eine Zange?", fragte Angelos.
„Wozu das denn?", fragte Samaris, verschwand aber dann in einem Nebenraum.
„Keinerlei Spuren eines Einbruchs", sagte Gabriel leise. „und …"
„Psst. Später", bremste Angelos.
Wortlos reichte Samaris ihm die Zange. Angelos setzte sie an der Klinge an und zog das Messer aus dem leblosen Körper, begleitet von einem leichten Schmatzen. Er packte das Messer in eine Plastiktüte.
„Gut. Die Leiche wird morgen abgeholt. Der Wagen kommt mit der Mittagsfähre aus Athen!"
„Sind Sie wahnsinnig? Sie können sie doch nicht bei mir liegenlassen", protestierte Samaris.
„Wieso nicht? Sie lag doch sonst auch bei Ihnen", sagte Angelos und grinste.
„Gut. Es gibt keine Einbruchsspuren. Hat sonst jemand Zugang?"
„Nur die Putzfrau. Sie heißt … äh …, da muss ich nachsehen", sagte Samaris.

Typisch, dachte Angelos. Bei niederen Chargen ist der Name nicht von Interesse. Aber Putzfrauen sind in den seltensten Fällen Messermörder.

„Gut. Schreiben Sie mir bitte den Namen der Putzfrau auf den Block da. Ich würde Ihnen raten, die Insel vorläufig nicht zu verlassen. Und halten Sie sich daran, sonst müsste ich Sie festnehmen! Ach ja: Wir bräuchten noch Ihre Fingerabdrücke!"

„Sind Sie wahnsinnig? Ich habe Termine in Athen. Und ich bin ein persönlicher Freund des Innenministers!" Samaris wurde laut – und Angelos leise.

„Und ich bin ein persönlicher Freund des Premierministers. Ober sticht Unter!"

Samaris verzog das Gesicht.

„Das wird Folgen haben!"

„Bestimmt. Die Folge wird sein, dass ich Ihnen jetzt die Abdrücke nehme, ansonsten müsste ich Sie mit aufs Rathaus nehmen und dann könnte zufällig jemand ein Handyfoto machen", sagte Angelos lächelnd.

Und Kommissar Nikakis bekam seine Fingerabdrücke.

Angelos schob Gabriel aus dem Bungalow-Komplex. Im Auto begannen beide zu diskutieren.

„Die Armbanduhr zeigt 20 Uhr 10. Sie könnte beim Sturz kaputtgegangen sein!"

„Oder er hat sie zurückgestellt!", gab Gabriel zu Bedenken.

„Dann wären seine Fingerabdrücke drauf. Außerdem hätte er uns bestimmt dezent darauf hingewiesen", widersprach Angelos.

„Die Alarmanlage ist eine ‚Abus Smartvest‘, das Beste, was es auf dem Markt gibt. Es kann nur jemand gewesen sein, der den Code kannte", meinte Gabriel und überholt mitten in der S-Kurve hinter Ano Mera einen LKW.

„Das hieße, es kommen nur er und die Putzfrau in Frage!"

„Das reicht nicht. Wir müssen abwarten, bis die Abdrücke da sind. Eines passt aber überhaupt nicht: welcher Mörder lässt eine Leiche über 17 Stunden in *seinem* Haus liegen?"

„Und jetzt?", fragte Gabriel.

„Warten. Eventuell überprüfen wir noch die Firma, die die Alarmanlagen betreut", sagte Angelos.

„Ich meine, was du jetzt machst. Das Zimmer in den ‚Bill and Coo‘ ist reserviert!"

Angelos seufzte.

„Ich kann Yariv genauso wenig im Stich lassen wie dich damals, auch wenn es Khaled nicht passt!"

„Du fliegst also zurück nach Athen?"

„Ja. Bevor sie ihn aus dem Koma holen", antwortete Angelos.

„Und Khaled?"

„Soll ruhig bocken. Ich weiß überhaupt nicht, was mit ihm los ist. Er sieht doch, dass es mich fast zerreißt. Und er war in derselben Lage wie jetzt Yariv. Er hat Yariv als Nebenbuhler bezeichnet, dabei war er selbst der Eindring-ling bei meiner Beziehung mit Alex!
Ich kann doch nicht selbst etwas tun, um dann exakt das Gleiche bei jemand anders kritisieren", regte sich Angelos auf.

„Er ist Araber. Denen ist die etwas lockere Sichtweise von Westlern fremd", sagte Gabriel. „Ihm war ja auch deine Hilfe für mich ein Dorn im Auge!"

„Ich hatte schon jemand, der krankhaft eifersüchtig war. Er besitzt mich doch nicht. Es macht mich rasend, dass ich mich für meine Gefühle schuldig fühlen muss!"

„Du bist dir sicher, dass du in Yariv verliebt bist?"

Angelos zögerte.

„Wenn Herzflattern ein Zeichen für Liebe ist, dann bin ich verliebt. Was nicht heißt, dass ich Khaled verlassen werde. Herrgott. Liebe ist etwas Positives. Aber ich muss mich schuldig fühlen. Kann doch nicht wahr sein! Und frag jetzt bloß nicht, ob ich Liebe mit Geilheit verwechsle", drohte Angelos.

„Das ist es bei dir sicher nicht. Du bist eher jemand, der schnell stärkere Gefühle entwickelt, wenn er jemanden mag", sagte Gabriel.

Es hat zehn Sekunden gedauert, dachte Angelos.

„Wer zwei Menschen liebt, der macht vielleicht zwei Menschen glücklich", meinte Angelos. „Hat mal jemand daran gedacht?"

Gabriel grinste.

„Khaled scheint wohl nicht gerade glücklich zu sein."

„Aber warum? Ich liebe ihn. Ich bleibe bei ihm. Ich habe ihn nie belogen. Er war bei jedem Telefonat dabei. Ja was soll ich denn noch tun?"

„Er erwartet, dass du Yariv fallenlässt, denke ich!"

„Einem Menschen wehtun, den ich liebe? Warum sollte ich das bitte tun? Und ganz bestimmt nicht bei einem Menschen, der schwer verletzt ist und Hilfe braucht. Niemals!"

Angelos wurde richtig zornig.

„Du bist wirklich verliebt!"

„Nein, das ist nicht das Entscheidende. Ich kümmere mich um meine Freunde. War bei dir genauso, oder?"

„Ich wäre nicht mehr am Leben, wärst du nicht der, der du eben bist. Und jetzt beruhige dich. Khaled kriegt sich wieder ein. Ich denke, dass Yarivs Angelos-Wand ihn hat durch-drehen lassen!"

„Das ist Yarivs Wohnung. Da kann er tun und lassen, was er will. Es war ein Fehler, hineinzugehen. Wir hätten einfach neue Sachen kaufen sollen!"
Angelos stöhnte.
Und eine Pause war ihm nicht vergönnt, denn sein brummendes Handy zeigte einen Anruf der Villa Maximos. Und er konnte sich vorstellen, warum Premier Migiakis anrief.

11

Ich dachte, du wolltest eine Woche lang nicht mir sprechen, nachdem ich dir die Öffnung am Zehnten abgerungen hatte", sagte Angelos schmunzelnd.
Antonis Migiakis lachte.
„Es war der Fünfzehnte, du Ganove!"
„Ach ja. Ich erinnere mich dunkel!"
„Was zum Teufel hat dich geritten, Philipos Samaris zu verhaften", bellte Migiakis.
„Erstens: es liegt eine Leiche in seiner Küche. Zweitens: ich habe ihn nicht verhaftet, sondern lediglich Hausarrest verhängt, bis die Ergebnisse der Fingerabdrücke vorliegen!"

„Pfft. Hausarrest auf einer Insel mit zehn Kilometer Radius sind das Gleiche wie eine Inhaftierung", knurrte Migiakis.

„Nun, für diese Inhaftierung zahlen viele Gäste jedes Jahr Tausende von Euro. So schlimm kann es also nicht sein! Im Übrigen sprichst du bitte nicht so abfällig über meine Insel, sonst wählt dich hier niemand mehr!"

„DEINE Insel?", fragte Migiakis spitz. „Wie soll ich denn Euer Gnaden zukünftig ansprechen? Angelos, den Ersten, Großherzog von Mykonos?"

„Der Großherzog tritt dir bei nächster Gelegenheit heftig in den Arsch. Was willst du jetzt? Es war schon ein vorauseilendes Zugeständnis, dass ich Samaris nicht verhafte. Es gibt keinerlei Einbruchsspuren und die Haushälterin wird es wohl kaum gewesen sein. Die Frau wiegt gerade mal 50 Kilo, sie könnte das Messer gerade mal halten", übertrieb Angelos.

Migiakis schwieg.

„Wir müssen miteinander reden", sagte er dann.

„Was tun wir denn gerade?"

„Nicht am Telefon. Du kommst doch ohnehin nach Athen, weil du deinen Lo .., äh, Freund besuchen willst!"

„Er heißt Yariv, merk es dir – und er ist nicht mein …, ach, ich bin es leid. Wenn du mich sprechen willst, dann komm in die Klinik. Dort vermutet man dich nicht und im Zimmer eines Komapatienten gibt es keinen Zuhörer", sagte Angelos.

„Gut. Aber ich möchte nicht die traute Zweisamkeit stören", stichelte Migiakis.

„Vlakka!"

Idiot.

12

Innenminister Tsakolotos hieß mit Vornamen Manuel, gemeinhin übersetzt mit „Gott ist mit dir". Diesbezüglich war sich Tsakolotos nicht sicher. Zu verwirrend war der heutige Tag.

Sicher: die Nachricht, dass bei Samaris eine Leiche im Haus gefunden wurde, ließ ihn zunächst frohlocken. Dieser arrogante reiche Bastard, dessen Vermögen schlicht auf Betrug beruht, hatte nichts anderes verdient. Ob Samaris die Frau tatsächlich ermordet hatte, spielte keine Rolle. Er war raus. Raus aus dem Rennen um die Nachfolge von Premier Migiakis.

Und dieser Idiot ruft auch noch mich an. Ausgerechnet ich soll ihm helfen, dachte Tsakolotos. Er schmunzelte. Und wie ich ihm geholfen habe. Ich habe dafür gesorgt, dass genau der Kommissar den Fall bearbeitet, den Samaris partout nicht wollte.

Aber letztendlich spielte es keine Rolle, ob die Polizei auf Mykonos Samaris etwas anhängen kann – er ist so oder so raus, denn es bleibt immer etwas hängen. Selbst ein Freispruch erster Klasse würde solange dauern, dass er in der Zwischenzeit nichts würde tun können.

Er war verbrannt.

So weit, so gut.

Dennoch hatte Tsakolotos ein mulmiges Gefühl. Er glaubte nicht daran, dass Samaris so dumm wäre, jemand in seinem Haus zu ermorden. Ein „crime passionnel"? Lächerlich. So etwas wie Liebe und Leidenschaft kennt dieser Bastard nicht. Er plant alles – kühl und kaltblütig. Und in diese Frau war er bestimmt nicht verliebt. Gefühle waren Samaris fremd, außer der Gier.

Wenn er aber nicht der Mörder ist – wer war es dann? Oder wichtiger: was ist dessen Motiv? Vielleicht wollte der Mörder Samaris damit bewusst aus der Nachfolgeriege hinauskegeln. Aber nein. Noch wusste niemand, dass die Nachfolge schon deutlich früher anstand als erwartet.

Wie auch immer: ich halte mich raus, dachte Tsakolotos und gebe die Standardsätze von mir. Zu laufenden Ermittlungen bla, bla. Oder: ich habe vollstes Vertrauen in die Ermittlungsbehörden.

Tsakolotos erreichte die ersten Vororte Athens auf seinem Weg nach Kifissia, seinem Wohnort.

Jeder, der Athen hasst und es sich leisten kann, wohnt in Kifissia. Reeder, Minister und Showstars.

Er hielt vor seinem Haus, einer klassischen, zweistöckigen Villa, umgeben von Pinien.

Er seufzte.

Einziger Nachteil: in der schönen Villa wohnte nicht nur er, sondern auch seine Frau Marialena.

Andererseits: ohne ihr Vermögen hätte er sich das Haus niemals leisten können. Dazu war Tsakolotos´ Gehalt als Minister zu niedrig.

Eine Schande, dachte er und schloss die Türe auf.

Es roch wie immer nach nichts, was hieß: die faule Kuh hat wieder nicht gekocht.

„Ich weiß ja nie, wann du kommst", ätzte sie jedes Mal, obwohl jeder wusste, dass sie die miserabelste Köchin der Welt war.

Natürlich hatte auch Tsakolotos das eine oder andere außereheliche Verhältnis gehabt, aber er hatte alles rechtzeitig beendet.

Rechtzeitig, bevor das Rennen losging. Keine offene Flanke bieten. Und vielleicht eine schöne Home-Story mir Marialena, die sicher gerne die Frau des Premierministers würde.

„Bin da", rief Tsakolotos und seine Stimme hallte in der Eingangshalle. Keine Antwort.

Er ging die Treppe nach oben.

Wahrscheinlich liegt sie im Bett mit dem zwanzigsten teuren Antifaltenmittel. Auch dieses würde nichts helfen, denn sie war nun mal alt, dachte Tsakolotos grimmig.

Gott sei Dank muss ich nicht mehr mit ihr schlafen.

Aber weder im Schlafzimmer noch im Bad war Marialena Tsakolotos zu finden und ihr Mann Manuel war zunehmend ärgerlich.

Wahrscheinlich sitzt sie wieder mit ihren neureichen Tennisfreundinnen im Clubcafé, dachte er, begriff aber, was dies für ihn bedeutete: Ruhe.

Er wollte gerade wieder nach unten gehen, als ihm etwas auffiel: die Türe, die zum Dachboden führte, stand einen Spalt offen.

Sie wird doch nicht aufgeräumt haben, fragte er sich, nur um gleich zu schmunzeln: er konnte sich nicht erinnern, seine Frau jemals mit einem Lappen gesehen zu haben.

Das Licht brannte, also ging er nach oben.

Auf der obersten Stufe erstarrte er.

Seine Frau würde nie mehr schlecht kochen.

Denn sie hing am Balken vor dem Fenster und der Kopf war vollkommen verdreht.
Manuel Tsokolotos´ erster klarer Gedanke war: Das war´s mit meiner Karriere.

13

Kommissar Angelos Nikakis betrat Zimmer 712 in der Klinik.
„Ah, Herr Nikakis. Sie kommen gerade richtig. Wir nehmen ihn jetzt von den Maschinen", sagte der freundliche Arzt. „Er sollte dann selbständig atmen!"
„Hoffentlich weiß er das auch", antwortete Angelos.
Der Arzt lachte.
„Aber er wird nicht sofort aufwachen. Es kann eine Stunde dauern, aber auch acht. Die Umstellung schwächt den Körper!"
Zwei Krankenpflegerinnen entfernten Kabel und die Infusionen.

„Seien Sie beim Katheter vorsichtig. Das Teil wird noch gebraucht", sagte Angelos.

„Denken Sie nicht einmal daran. Die Nähte dürfen nicht aufgehen", warnte der Arzt.

Angelos grinste.

„Da gibt es Mittel und Wege!"

Das Scherzen war nichts anderes als Ausdruck von Angst.

Die Maschine wurde abgeschaltet und nach drei endlosen Sekunden atmete Yariv Markaris selbständig.

„Sehr gut. Sie sollten mit ihm sprechen oder ihn streicheln, aber nicht dort, wo Sie gerne möchten!", sprach der Arzt und verschwand.

„Na, Kleiner. du wachst jetzt gefälligst auf – ich habe nicht ewig Zeit", flüsterte Angelos und schmunzelte.

Er ist einfach … schön. Khaled hatte Recht. Die Lockentolle hängt perfekt in der Stirn.

Angelos strich ihm über die Wange, als die Türe aufging und Antonis Migiakis hechelnd das Zimmer betrat.

„Hui. Er sieht fast besser aus als das letzte Mal", sagte er. „Ich kann dich verstehen. Knackiges Kerlchen!"

„Das Kerlchen heißt Yariv, merk …"

„Ich merke es mir. Angelos, wir müssen etwas besprechen. Setzen wir uns ans Fenster!"

Migiakis seufzte.

„Ich habe vor, in einem Monat zurückzu-
treten", sagte er.

Angelos brauchte mehrere Sekunden, um zu
begreifen, was das bedeutete.

„Vergiss es! Ich habe keine Lust, mich an
einen neuen Häuptling in Athen zu
gewöhnen!"

Migiakis lachte.

„Das glaube ich dir gerne. Den Neuen musst
du erst um den Finger wickeln. Aber mir reicht
es. Ich will nicht den richtigen Zeitpunkt
verpassen und rausgezerrt werden!"

„Und ich dachte, ich hätte die Ehre, deinen
Sarg aus der Villa Maximos hinauszutragen",
sagte Angelos und grinste gequält.

„Keine Chance, dich umzustimmen?"

Migiakis schüttelte den Kopf.

„Du darfst uns trotzdem weiterhin auf
Mykonos besuchen!"

„Wie gnädig. Und wen meinst du mit ‚uns'?
Dich und Khaled? Oder Dich und … Yariv?"

„Der Gedanke an den Sarg gefällt mir
zusehends", knurrte Angelos.

„Signomi. Ist bestimmt nicht leicht für dich!"

Angelos schwieg.

„Gut. Du trittst also zurück. Aber warum sagst
du mir das?"

„Weil du indirekt damit zu tun hast", sagte
Migiakis.

„ICH?? Mich interessieren die Ränkespiele in Athen nun wirklich nicht!"

„Ich sagte ‚indirekt'. Samaris ist einer der Kandidaten!"

„Was bitte? Du bittest mich aber jetzt nicht, dies bei den Ermittlungen zu berücksichtigen und eventuell einen Mörder laufen zu lassen", regte sich Angelos auf. „Außerdem hat Samaris bisher doch keinerlei Funktion!"

„Eben deswegen. Er kommt aus der Wirtschaft und ist vollkommen unbelastet von Affären und Parteigezänk!"

„Das ist doch wohl ein Witz. Seine Immobiliengeschäfte sind mehr als windig. Außerdem ist der Mann vollkommen empathielos. Du hättest ihn sehen sollen. Er hat die Leiche wie ein kaputtes Möbelstück angesehen!"

„Nichtsdestotrotz steht er auf der Liste. Und: ich habe keine Ambitionen, den Kronprinzen selbst auszuwählen. Ich will nur, dass der Prozess ordentlich abläuft. Eine Leiche im Haus eines Kandidaten ist da nicht hilfreich", sagte Migiakis.

„Wie kommt es nur, dass sich niemand für das Opfer interessiert?", antwortete Angelos vorwurfsvoll.

„Davon wird sie auch nicht lebendig. Und wer sich mit Samaris einlässt, weiß, dass das keine normale Beziehung wird!"

„Sie hat sicher nicht damit gerechnet ermordet zu werden", ätzte Angelos.

„Ja, gut. Aber er ist sicher nicht der Mörder!"

„Ach, da bist du dir sicher?"

„Kann ich das etwa nicht sein?", fragte Migiakis irritiert.

„Dann habe ich schlechte Nachrichten für dich. Auf der Tatwaffe sind Samaris´ Fingerabdrücke. Die Kriminaltechnik hat mich auf dem Weg hierher verständigt. Ich werde ihn festnehmen müssen", sagte Angelos.

Migiakis schwieg.

„Und was sagt dein Bauchgefühl?"

Angelos zögerte.

„Der Mann macht nicht den Eindruck, als würde er in einem Streit handgreiflich werden. Außerdem fehlt mir das Motiv. Hätte sie ihn erpresst, dann würde sie sicher nicht in seinem Haus auf ihn warten. Dennoch: es gibt keine Spur, die auf eine dritte Person hinweist. Und dann wären da noch die Fingerabdrücke!"

Migiakis wurde bleich im Gesicht.

„Bitte, Angelos. Ich will mich nicht einmischen, aber ..."

Angelos lachte.

„Du möchtest, dass ich auf ‚Reset' gehe und noch einmal von vorne anfange?"

Migiakis nickte.

Die Alarmanlage, dachte Angelos. Und dann die Suche nach dem Motiv. Ich bin ohnehin noch nicht fertig.

„Gut. Aber verlange nicht von mir, etwas zu vertuschen!"

„Das würdest du ohnehin nicht tun", antwortete Migiakis.

Sie schwiegen einige Augenblicke.

Dann brummte Migiakis´ Handy.

„WAS?", rief er, sichtlich aufgewühlt.

„Du fasst nichts an, bis die Polizei da ist. Und ich schicke dir noch jemand zusätzlich!" Migiakis drückte das Gespräch weg.

„Freudige Nachrichten?", fragte Angelos.

Migiakis holte tief Luft.

„Das war Tsokolotos!"

„Der Herr Innenminister? Er hat wohl ein Problemchen?"

„Das wäre eine Untertreibung. Seine Frau hat sich erhängt!"

„Und ich nehme an, auch er steht auf der berühmten Liste?", fragte Angelos.

„Ja. Daher brauche ich deine Hilfe!"

„Schon wieder?"

„Ja. Bitte fahre zu ihm und schau es dir an!"

„Bist du narrisch? Das ist eine Angelegenheit der Athener Polizei. Der Kommissar aus Mykonos hat da nichts zu suchen", protestierte Angelos.

„Jetzt schon. Ich rufe Siopsis an. Bitte!"

„Ich soll hinfahren und in ein paar Stunden den Fall klären? Bei Selbstmord braucht man eine Autopsie", wehrte sich Angelos.

„Nicht, wenn jemand die Szenerie begutachtet, der ein untrügliches Bauchgefühl hat", schmeichelte Migiakis.

„Oh du Schleimer. Aber ich kann nicht. Ich muss hierbleiben, für den Fall, dass Yariv aufwacht!"

„Ich bitte dich inständig. Ich bleibe auch hier", sagte Migiakis.

„Super. Er freut sich bestimmt, wenn er als erstes Gesicht den Premierminister sieht. Ich würde freiwillig wieder ins Koma fallen!" Migiakis lachte.

„Ich werde ihm sagen, dass sein Sonnenschein in Kürze kommt!"

Angelos zögerte.

„Ich bitte dich als Freund. Schau es dir an!"

Angelos seufzte.

„In Herrgotts Namen!"

14

Als Angelos in Kifissia eintraf, mit Migiakis Dienstwagen mit Standarte, sah er zwei Personen vor dem Eingang stehen.

Elytis. Ein ehemaliger Kollege, mit dem Angelos noch nie konnte. Am liebsten wäre er wieder zurück in die Klinik gefahren.

Der erste dumme Spruch kam schon nach wenigen Sekunden.

„Ist der Herr Bürgermeister jetzt schon Premierminister? Habe ich etwas verpasst?", ätzte Elytis

Angelos ignorierte ihn und ging auf die zweite Person zu, die ihm die Hand entgegen-streckte.

„Irini Tsipras, freut mich. Ich bin die neue Assistentin in der Mordkommission. Ich habe schon viel von Ihnen gehört, Herr Nikakis!"

„Sicher nichts Gutes, wenn es vom Kollegen kommt!"

Elytis hatte sich schon verzogen.

„Ich habe nicht viel Zeit. Dachboden oder Keller?", fragte Angelos.

„Dachboden!"

Eine erhängte Leiche berührte Angelos noch immer. Ich war selbst schon so weit, dachte er. Damals.

„Eine Leiter?"

„Aber man hat uns gesagt, wir sollten …", sagte Tsipras.

„Ich will sie nicht abhängen", erklärte Angelos.

„Mal sehen. Ah, da hinten steht eine", sagte Tsipras.

Angelos stellte sie neben die Erhängte.

„Maglite?", fragte er.

„Ja, hier bitte!"

Angelos stieg auf die Leiter und ließ das Licht der Taschenlampe über das Seil streichen. Mehrmals.

„Eine Lupe?", fragte er.

Tsipras lachte.

„Handykamera und auf Zoom stellen", schlug sie vor.

„Neumodischer Kram. Dann halten Sie aber die Leiter!"

Nochmals untersuchte er das Seil, dann stieg er von der Leiter.

„Klassischer Selbstmord?", fragte Irini Tsipras.

Angelos schüttelte den Kopf.

„Nein. Ich tippe darauf, dass die Dame erhängt wurde. Das Seil passt nicht zu einem Selbstmord. Bei einem Suizid wird das Seil an dem Balkenkanten beschädigt, wenn der

Körper fällt. Es reißen zwar keine Stränge, aber der aufliegende Teil wird angeraut. Wird ein Körper aber erhängt, muss das Seil vom Mörder hochgezogen werden und zwar über die Strecke Körpergröße plus Fußabstand zum Boden. Und dieses Seil …"

„ … ist auf zwei Meter Länge aufgeraut", ergänzte Tsipras. Elytis war schon wieder nach unten gegangen.

Angelos nickte.

„Das Seil bitte in die Materialprüfung. Aber etwas anderes passt auch nicht! Was findet sich bei jedem Selbstmörder am Strick?"

Tsipras wusste es nicht.

„Ein Pfütze darunter. Die Schließmuskeln versagen im Moment des Todes. Urin und Kot und Lymphflüssigkeiten laufen die Beine herunter und bilden eine Pfütze. Und? Sehen Sie hier eine Pfütze?"

„Nur eine kleine!"

„Und das ist niemals der Inhalt einer Blase", sagte Angelos.

„Sie meinen, die Frau war schon tot, als man sie aufgehängt hat?"

„Darauf würde ich wetten. Suchen Sie im Haus nach Flecken auf dem Boden und nach Putzlumpen. Manche Mörder sind so dumm und wischen zwar auf, schmeißen aber den Lappen in den Müll", sagte Angelos.

„Wow. Und Elytis wollte den …"

„ … Fall schon abschließen. Wenn ich Ihnen einen Rat geben darf: Versuchen Sie, Ihre eigenen Schlüsse zu ziehen. Mord bedeutet mehr Arbeit als ein Selbstmord. Und Kollege Elytis war noch nie der Fleißigste!"

„Danke. Aber noch eine Frage: die Leiche zeigt keinerlei Gewaltspuren. Wie hat er sie getötet?", fragte Irini Tsipras.

„Gift. Oder etwas viel Harmloseres, was oft übersehen wird: Insulin. Für einen Nicht-Diabetiker absolut tödlich. Andererseits ist Insulin im Blut nichts Ungewöhnliches. Diabetiker gibt es genug. Lassen Sie den Körper auf Einstiche untersuchen und dann lassen Sie das Blut auch auf Insulin testen!"

„Ich komme mir jetzt ziemlich dumm vor!"

„Unsinn. Glauben Sie, ich hätte das als Assistent gewusst? Man muss nur lernen wollen, Frau Kollegin!"

Irini Tsipras druckste etwas herum.

„Was ist?"

„Darf ich Sie anrufen, wenn ich nicht weiter - weiß?"

„Na klar", sagte Angelos und ging hinunter. Am Fuß der Treppe kniete er sich hin.

„Irini! Kommen Sie mal bitte her und knien Sie sich hin!"

Tsipras folgte dem Befehl.

„Was sehen Sie?", fragte Angelos.

„Flüssigkeit auf den untersten Stufen!"

„Exakt. Ich wette, das ist Urin. Abschmecken möchte ich es aber nicht", sagte Angelos grinsend. „Urinteststreifen dabei?"
Tsipras nickte.
„Zum Motiv: Konzentrieren Sie sich auf die Kriminalistik. Das Motiv könnte sich klären, wenn ich bei einem Mordfall auf Mykonos weiterkomme. Auch da ist eine Frau im Haus eines Politikers getötet worden. Die beiden Taten könnten zusammengehören. Ich werde Sie anrufen, wenn ich mehr weiß!"
Tsipras nickte.
„Perfekt. So, ich muss wieder. Ein Freund liegt auf Intensiv", sagte Angelos und gab Irini Tsipras die Hand.
Als Angelos ins Auto stieg – ohne Elytis zu beachten – winkte sie ihm kurz.
Hübscher Kerl. Schade.

15

Angelos riss die Türe auf zu Zimmer 732. Antonis Migiakis schreckte hoch. „Grundgütiger, willst du, dass ich ins Bett daneben komme?", rief Migiakis.
Angelos ignorierte ihn und sah, dass Yariv noch immer schlief.

Gott sei Dank, dachte er.

„Und? Was ist bei Tsokolotos passiert?", fragte Antonis.

Angelos ließ sich in den Sessel fallen.

„Nach einer Stunde am Tatort ist das wirklich sportlich, Vermutungen anzustellen. Aber wenn das Labor meine Thesen stützt, würde ich sagen: seine Frau wurde ermordet und hinterher erhängt!"

Migiakis erbleichte.

„Und er war nachweislich den ganzen Tag im Ministerium. Ein Minister, der tatsächlich arbeitet? Hätte ich bei deiner Regierung gar nicht erwartet", sagte Angelos.

„Zwei Morde bei Männern, die auf meiner Liste stehen? Innerhalb von drei Tagen?"

„Ich weiß ja nicht, wie lange deine Liste ist, aber man sollte die anderen vielleicht warnen. Andererseits könnte einer von denen hinter den Taten stecken", sagte Angelos.

„Jemand mordet, um Konkurrenten zu diskreditieren? Die Herren sind zwar ehrgeizig, aber … Morden?"

„Und bei allem Respekt: gegen diese These sprechen im Falle Samaris noch immer seine Fingerabdrücke auf dem Messer. Aber du hast in einem Punkt recht: der zeitliche Zusammenhang ist schon augenfällig!"

„Dennoch: es bleibt bei meiner Bitte. Bitte schau dir den Fall Samaris noch einmal genau an", sagte Migiakis.

Angelos nickte.

„Dann geh ich mal. Was hast du mit ihm .. äh, ..Yariv vor?"

„Ich werde mich um ihn kümmern", sagte Angelos.

„Und dein Mann?"

Angelos seufzte.

„Der ist gesund. Yariv nicht!"

Migiakis lächelte und ging.

Und es dauerte noch vierzig Minuten bis Yariv zu zucken begann. Dann öffnete er die Augen.

Panik. Verwirrung.

Dann sah er Angelos und lächelte.

„Was ist passiert?", fragte er.

„Der verliebte Kommissar hat sich zwei Kugeln eingefangen, aber du wirst wieder", sagte Angelos mit sanfter Stimme.

Dann schaute sich Yariv um und sagte:

„Oh, da liegen ja T-Shirts von mir!"

Mist, dachte Angelos, hoffentlich …

Doch Yariv schaute schon entsetzt.

„Oh Gott, du warst in meiner Wohnung!"

Angelos nickte.

„Ich wollte frische Wäsche für dich holen und habe nicht nachgedacht – sonst hätte ich einfach etwas gekauft. Aber ich war so durch den Wind, also sind wir …"

„WIR???", fragte Yariv, nun hellwach.

„KHALED WAR DABEI??"

Yariv zog sich kurz die Decke über den Kopf.

„Oh Shit. Denkst du jetzt schlecht von mir?"

Angelos schüttelte den Kopf und streichelte Yariv zärtlich durchs Haar.

„Warum sollte ich? Es ist deine Wohnung. Da darfst du aufhängen, was du willst. Ich wusste nur nicht, dass du so verliebt bist, dass du die Wand mit Fotos von mir tapezierst. Aber das ist in Ordnung. Du darfst lieben, wen du willst und wie du willst!"

„Die ersten Tage allein waren schlimm. Ich konnte ja nicht jeden Tag bei dir anrufen – dann habe ich die Bilder vergrößern lassen und es ging mir besser", sagte Yariv.

„Du kannst sooft anrufen, wie du willst, kleiner Doofkopf!"

Yariv lächelte.

„Wenn du ‚Doofkopf' oder ‚Idiot' sagst, heißt das ‚ich liebe dich'. Soweit kenne ich dich schon!"

Angelos lachte.

„Du könntest es trotzdem einmal richtig sagen", bat Yariv und setzte seine schärfste Waffe ein: den Hundeblick.

„Der Blick gehört verboten. Was glaubst du ist der Grund, dass ich hier sitze?"

Angelos beugte sich vor, küsste Yariv zärtlich auf den Mund und flüsterte:

„Wenn es deiner Genesung hilft: ja, ich liebe dich!"

„Ich muss es nicht sagen, oder?"

Angelos lachte.

„Nein. Den gutaussehenden Mann auf den Bildern muss man einfach lieben!"

Yariv lachte laut, verzog aber sofort das Gesicht.

„Aua!! Keine Scherze mehr. Bitte zieh doch die Decke herunter, mir ist warm", bat Yariv.

Angelos schlug die Decke um und streichelte über Yarivs Tattoo, ein Stern auf der rechten Bauchseite.

„Das Tattoo ist mir noch gar nicht aufgefallen!"

Yariv grinste.

„Du warst so geil, dass ..."

„Das muss der Richtige sagen ..., aber es ist nicht glatt!"

„Da ist eine Narbe. Ich dachte, mit einem Tattoo sieht man es nicht mehr!"

Vorsichtig fragte Yariv:

„Und was hat Khaled zu den Bildern gesagt?"

Angelos seufzte.

„Was wohl? Er hat das größte Bild auf dem Boden zerdeppert und ist aus der Wohnung gestürmt. Seitdem: Funkstille."

„WAS?? Oh Gott, das wollte ich nicht. Jetzt hast du ‚nen Ehekrach wegen mir und ich weiß nicht …"

Wieder war die Panik in Yarivs Augen Panik zu sehen.

„Ruhig, Kleiner. Khaled ist gesund, du nicht. Also nehme ich dich mit nach Mykonos und kümmere mich um dich, bis du wieder auf den Beinen bist!"

„Aber Khaled wird ausflippen", sagte Yariv.

„Wird er nicht. Wir gehen in ein Hotel!"

„Was? Das heißt, wir sind jede Nacht zusammen?", fragte Yariv ungläubig.

Angelos lachte.

„Du hast Sexverbot, Kleiner. Sonst reißen die Nähte!"

„Dann musst du mich bedienen. und das machst du doch gerne!"

Yariv beugte sich aus dem Bett und legte seine Hand auf Angelos´ Oberschenkel. Dann schob er sie nach oben.

Yariv grinste.

„Ich liebe deine Blitzerektionen. Das waren keine zwei Sekunden", sagte er.

„Du bist gemeingefährlich. Warst du als Hetero genauso?", fragte Angelos.

„Keine Ahnung. Hab ich vergessen", lautete die Antwort mit unschuldigem Blick.

„Ich sehe schon, ich kann dich beruhigt zwei Tage alleine lassen. Am Dienstag hole ich dich", sagte Angelos, küsste Yariv und stand auf.

„Nochmal", quengelte Yariv.

„Nimmersatt!"

Als Angelos schon den Türgriff in der Hand hatte, rief ihm Yariv hinterher:

„Hab ich überhaupt eine Chance?"

„Dieselbe Frage hat mir Khaled damals auch gestellt. Die Antwort war ein klares ‚Nein' – und ein Jahr später waren wir verheiratet", sagte Angelos.

Yariv lachte.

„Dann hoffe ich auf ein kraftvolles ‚Nein'!"

16

Kommissar Angelos Nikakis saß in einem Sonnenstuhl auf der Terrasse der Suite in „Bill and Coo Suites". Wäre er bis an den Rand der Terrasse gegangen, so hätte er sein Zuhause gesehen. Es waren keine 800 Meter Luftlinie – doch jetzt verhinderte ein imaginärer Schlagbaum den Zugang.

Angelos griff zu seinem Handy.

Wer freut sich wohl mehr über eine SMS von mir? Yariv oder Khaled? Die Antwort war einfach: Yariv. Und so schrieb er eine liebevolle Kurzmitteilung, damit der ‚Kleine' gut schläft. Danach bastelte Angelos 15 Minuten an einer SMS an Khaled.

Was zum Teufel ist mit ihm los?

Ich hätte es ja verstanden, hätte er darauf bestanden, Yariv bei den ersten Anzeichen aus dem Haus zu werfen. Vielleicht hätte ich es ja getan. Bestimmt nicht, sagte die nervige Stimme in seinem Gehirn. Du warst schon nach wenigen Sekunden verliebt.

Richtig, ja, aber Khaled wusste alles und verstand alles. Zumindest sagte er das. Und ich habe ihn nicht hintergangen oder angelogen. Bei jedem Telefonat war er dabei. Jede SMS sollte er lesen. Mitunter hatte ich den Eindruck, er amüsiere sich über die plötzlichen Gefühlsverirrungen seines Ehemanns. Er musste doch wissen, dass ich ihn liebe und nie verlassen würde.

Und dann dieser Auftritt in Yarivs Wohnung. Noch nie habe ich Khaled so in Rage gesehen. Und das wegen einer Lappalie. Ein paar Bilder, die ein frisch Verliebter sich an die Wand genagelt hatte.

Kein Grund, einfach aus der Wohnung zu stürmen und mich in Athen sitzenzulassen.

Und wieder kam Angelos zu der Erkenntnis, dass es nicht verwerflich sein kann, einen Menschen zu lieben, wenn – ja, wenn man aufrichtig bleibt und es offen eingesteht.

Da habe ich mir nichts vorzuwerfen.

Ich verstehe es nicht. Erst der verständnisvolle Ehemann, dann der wütende Berserker.

Angelos schaute auf sein Handy.

Keine Antwort von Khaled.

Angelos hatte keinen Blick für die Schönheit des Wellness-Bereichs auf der Terrasse. Auch den klaren Sonnenuntergang, von heftigem Wind begleitet und begünstigt, realisierte er nicht.

Und dann wären da noch zwei Kleinigkeiten. Zwei Morde.

Auch wenn ich nur für einen zuständig bin, werde ich in etwas hineingezogen, dessen Dimension ich nur ahnen kann.

Und Angelos´ Ahnung lag noch weit unter dem Ausmaß der folgenden Geschehnisse.

17

Emre wartete in dem schmucklosen Kiosk in Athinos, dem Hafen von Thera, dem Haupteiland der Inselgruppe Santorini. Er kannte den Hafen. In normalen Jahren platzte er aus allen Nähten, denn die Insel war fest in chinesischer Hand. Alle Mandelaugen der östlichen Hemisphäre wollten den Ort sehen, an dem der TV-Knüller im staatlichen Fernsehen, eine dümmliche Hochzeitsshow spielte: Thera.

Meist fallen die Horden per Kreuzfahrtschiff ein – ein Heuschreckenschwarm wäre ein freundschaftlicher Besuch dagegen.

Doch Corona ließ die Chinesen-Welle brechen und die Insel aufatmen.

Die Blue Star-Fähre lief ein und von Bord gingen fast nur Einheimische, denn Koffer sah er keine.

Ein Mann stieg aus und hatte einen kleinen Alu-Koffer in der Hand. Der Mann war weder klein noch groß, weder schön noch hässlich, die Augenfarbe ein trübes Blau und die Haut nicht zu hell und nicht zu dunkel.

Ein Mann, der nirgendwo und niemandem auffiel. Und das war Grundvoraussetzung für sein Handwerk: das Töten. Laut- und spurlos.

Einen Namen hatte der Mann nicht, zumindest kannte ihn niemand.

Alle, die seine Dienste beanspruchen, nannten ihn Mr. G – was „Ghost" bedeuten sollte. Er musste einen militärischen Background haben, ein Sonderkommando oder ähnliches, ansonsten wären seine Leistungen als Scharfschütze nicht erklärbar.

Osteuropäer war er keiner, darüber waren sich alle Auftraggeber einig, denn ihm fehlten die slawischen Gesichtszüge. Brite vielleicht, denn deren Streitkräfte hatten viel Erfahrung in den Krisengebieten der Welt. Learning by doing. Mit der Zeit erweiterte er sein Spektrum und entdeckte die Garotte für den Naheinsatz. Er war derjenige, der die automatische Würgeschlinge entwickelte. Sie ist überall einsetzbar: in der U-Bahn, auf der Straße … Man wirft sie über den Kopf des Opfers und sofort schließt sie sich um den Hals. Anfangs sieht sie aus wie eine Halskette und erregt keinerlei Aufsehen, was das Verschwinden des Mörders erleichtert. Doch nach wenigen Minuten zieht sie sich per Fernbedienung zu, eine Rettung war nicht möglich. Nach zwanzig Sekunden reißt die Halsschlagader. Exitus.

Das Leistungsspektrum des Mannes war breit gefächert.

Er ging über die Mole, wobei er sich –
sicherlich ein Automatismus – einer Gruppe
anschloss. Erst im letzten Moment scherte er
aus und ging auf Emre zu.

Er nickte kurz und setzte sich an den nächsten
Tisch, mit Blick zur Straße. Den rückwärtigen
Raum hatte er nach einem schnellen Check
als unbedenklich eingestuft.

Auf eine Begrüßungsformel verzichteten die
beiden.

„Ein Boot fast für Sie alleine", begann Emre.

„Mir ist ein volles Schiff lieber. Fällt man
weniger auf!"

Selbst bei Unterhaltungen beschränkte sich
der Mann auf das Wesentliche.

„Im Übrigen ist dieses Treffen unnütz. Es
widerspricht den Abmachungen. Die Jobs
sind erledigt!"

„Keine Sorge. Santorini ist fest in unserer
Hand", sagte Emre. Was stimmte. Die Insel-
gruppe war ein ideales Sprungbrett in den
Nahon Oste und die Türkei. Unauffällige
Reisen oder Transporte in die Türkei laufen
meist über die Route Piräus-Santorini-Bodrum.
Selbst der IS hat seine europäischen Rekruten
über diese Route geschleust.

„Ich sehe keine türkische Flagge", spottete
der Mann. Eine seltene Entgleisung, denn
üblicherweise hielt er mit seiner Meinung
hinterm Berg.

„Es gibt Dinge, die sind Fakt, dennoch sieht man sie nicht. Aber wir wollen unsere Zeit nicht mit Politik verschwenden", sagte Emre. Der Mann schmunzelte innerlich. Wenn die Aufträge nicht politisch sind, fresse ich einen Besen.

„Die Aufträge sind nicht ganz so gelaufen wie erwartet!"

Der Mann zuckte zusammen. Eine Reklamation? Es wäre die erste, seit er aufgrund einer Verwechslung einem Unschuldigen in Athen den Kopf weggeblasen hatte.

„Die Aufträge endeten mit dem Tod beider Zielobjekte. Inwiefern sollen sie also nicht wie erwartet verlaufen sein?"

Noch immer strotzte der Mann vor Selbstvertrauen.

„In Athen hat man entdeckt, dass das Seil angeraut war", sagte Emre mit Befriedigung. Mist, dachte der Mann. Ich hatte es leicht mit Öl eingerieben. Aber wer rechnet damit, dass bei einem Selbstmord das Seil in die Materialprüfung geschickt wird?

„Das Hauptproblem aber ist, dass bei beiden Taten derselbe Kommissar ermittelt!"

„Wie kann das sein? Der Kommissar von Mykonos wird wohl kaum in Athen ermitteln dürfen!"

„Er darf. Er ist persönlicher Freund von Migiakis. Und mir ist nicht wohl dabei, denn

Migiakis hätte diesen Nikakis nicht gerufen, wenn er keinen Verdacht hegen würde!"

„Unsinn. Dass die Taten Wellen schlagen, war doch das Ziel, oder? Der Kommissar soll ruhig kräftig ermitteln und laufend darüber berichten. Mir kommt er bestimmt nicht zu nahe!"

„Da wäre ich mir nicht so sicher. Meine Auftraggeber haben mich ausdrücklich gewarnt. Nikakis ist gefährlich", sagte Emre. „Ich nehme keine Aufträge entgegen, bei denen ein Polizeibeamter das Ziel ist. Prinzipiell!"

Es gibt immer ein erstes Mal, dachte Emre. Vor allem, wenn der eigene Arsch in Gefahr ist.

18

Yarivs Hand wanderte Angelos´ Schenkel aufwärts.

„Krieg ich einen Kuss?", fragte er.

Es wurde kein Kuss – Angelos fraß ihn fast auf. Angelos fuhr mit seiner Hand unter Yarivs Hemd. Yariv selbst war bereits am place to be und öffnete den Knopf der Jeans.

„Ähem", hörten die beiden.

Der Taxifahrer amüsierte sich königlich, wollte aber kein zerstörtes oder beflecktes Taxi.

„Wow", sagte Yariv. „Du hast mir zwei Knöpfe abgerissen!"

Er lachte.

„Ich glaube es nicht", sagte Angelos. „ich bin doch kein dauergeiler 18-jähriger. In einem Taxi!"

Er schüttelte den Kopf, grinste aber.

„Tja, mein Großer. Wir sind wohl beide etwas verliebt. Im Übrigen hast du immer noch eine Erektion", sagte Yariv und fuhr mit nur einem Finger über Angelos´ Ausbuchtung.

„Du hörst sofort auf oder ich hacke dir die Hände ab. Wir sind in zwei Stunden da!"

Yariv strahlte übers ganze Gesicht.

„Hätte ich gewusst, dass man als Belohnung für eine Kugel vier Wochen Dauersex mit dem

Bürgermeister bekommt, hätte ich mir schon früher in die Brust geschossen. Na gut, vielleicht eher in den Fuß!"

„Du bist echt nicht ganz dicht. Und den Dauersex kannst du vergessen. Du bist Patient!"

Yariv grinste und flüsterte:

„Als ob du dich beherrschen könntest!"

Und er hat Recht. Mir fliegen sämtliche Sicherungen heraus. Der Blick. Die Augen. Die Locke in der Stirn. Yariv ist irgendwie ... –

Angelos suchte nach dem passenden Wort -

…süß. Ich wusste nicht, dass ich darauf stehe. Alex und Khaled waren oder sind eher von der ruppigen Art.

Und hier schaut mich nun ein 28-jähriger Konvertit wie ein Bambi an und schon spüre ich die ersten Glückströpfchen.

Das Taxi erreichte den Flughafen Venizelos.

„Dann noch viel Spaß, Jungs", sagte der Fahrer und grinste.

Yariv öffnete die restlichen Hemdknöpfe und band sich vorne einen Knoten. Natürlich sah man dadurch Brust und Sixpack – und das Tattoo.

Angelos verdrehte die Augen.

„Ich kann nicht hinsehen! Musst du schon im Flughafen alle Register ziehen?"

Yariv schaute unschuldig und drehte an der Stirnlocke.

„Ich habe keine Ahnung, was du meinst!"

19

Yariv stand am Rand der Terrasse und ihm liefen Tränen über die Wangen.

„Schau dir den Sonnenuntergang an, Großer. Das ist so unfassbar schön. Und dann die Suite. Ich habe so etwas noch nie gesehen. Wie auch, bei dem lächerlichen Gehalt eines Kommissars!"

Angelos umarmte ihn von hinten.

„Nur genießen, nicht denken", flüsterte Angelos in Yarivs Ohr.

„Ist das dort hinten nicht euer Haus?", fragte Yariv.

„Ja. Aber der Bewohner antwortet nicht. Als ob ich einen Fehler gemacht hätte. Ich verstehe es nicht!"

„Ich auch nicht. Er hat ja mit mir gesprochen. Seine Sorge war, dass ich es nicht ernst meine. Und er war es, der vorgeschlagen hat, meine erste Nacht mit einem Mann mit dir zu verbringen. Es sollte kein Stricher oder irgendein Betrunkener aus einer Bar sein. Das hat er wortwörtlich gesagt. Wenn ich das geahnt hätte …"

„ … hättest du trotzdem versucht, mich ins Bett zu zerren", ergänzte Angelos lachend.

„Worauf du Gift nehmen kannst. Sag mal, das hier ist doch sicher sündhaft teuer. Der Jacuzzi und der Wellnessbereich … Kostet bestimmt 200 Euro!"

Angelos lachte laut.

„Kleiner, für 200 Euro bekommst du auf Mykonos eine Besenkammer. Und bevor du fragst: ich zahle es von meinem Geld, nicht Khaleds. Ich bin zwar nicht so reich wie er, aber es reicht, dass du erstmal vier Wochen abschaltest!"

Yariv legte den Kopf quer.

„Und?"

„Was und?"

„Wieviel kostet die Suite nun?"

Er findet es ohnehin heraus. Ein Blick bei ‚booking.com' reicht.

„900 Euro pro Nacht", sagte Angelos.

Yariv riss die Augen auf.

„D-d … das sind 27.000 für einen Monat. Wegen mir?", fragte er ungläubig.

„Wegen wem denn sonst? Ich kümmere mich um meine Freunde und du …"

Yariv schaute unschuldig und drehte an seiner Locke.

Angelos seufzte.

„Herrgott. Also gut. Ich tue es, weil ich dich liebe. Zufrieden?"

Yariv strahlte.

„Oh ja. Ich würde dich jetzt gerne küssen, aber dann bekommst du wieder eine Blitz- erektion!"

„Ja und?"

„Du sagst doch, ich müsse mich schonen!"

„Sollst du auch. Vorläufig mache ich die ganze Arbeit. Einverstanden?"

Doch Yariv war schon nach innen gerannt und riss sich die Kleider vom Leib.

20

Am nächsten Morgen fühlte sich Angelos, als wäre ein Panzer über ihn hinweggerollt. Jeder Muskel tat weh, dennoch spürte er eine innerliche Wärme, die er bisher nicht kannte.

Trotz seiner Nähte war Yariv mehr als nur aktiv. Zwischenzeitlich hatte Angelos Angst, sie seien gerissen, denn der Kleine war nicht zu bremsen. Und er schaute, als wäre es die schönste Nacht seines Lebens. Nein – sie war es.

Angelos schaute Yariv an, der noch selig schlummerte. Sein Herz begann schneller zu schlagen.

Scheiße, ich bin total verknallt. Und er auch. Yariv bewegte sich, fasste sich an die Locke zwirbelte daran – und lächelte breit, obwohl er noch schlief.

Volle zehn Minuten starrte Angelos seinen neuen … ja, was ist er? Mein neuer Freund? Mein neuer Liebhaber? Die Liebe meines Lebens?

Angelos seufzte und stieg langsam aus dem Bett. Ich muss zu der Sicherheitsfirma, dabei würde ich viel lieber … Da spürte er Yarivs Hand an seinem Arm.

„Nicht gehen", quengelte Yariv.

„Ich muss. Und du vergiss nicht: um elf kommt der Krankenpfleger zum Verbandswechsel und danach der Physio!"

„Ich hab heut Nacht schon genug trainiert", antwortete Yariv. „Ich hätte noch eine blöde Frage!"

„Nur zu!"

„Hab ich alles richtig gemacht? Ist ja erst mein drittes Mal!"

Soll ich ihm es sagen? Zum Teufel, ja.

„Es war der beste Sex meines Lebens", sagte Angelos.

Kommissar Angelos Nikakis musste sich konzentrieren. Er war müde und glücklich zugleich.

Komm jetzt, du hast es Migiakis versprochen. Er fuhr Richtung Ano Mera und bog nach einem Kilometer rechts ab. Hinter dem proton-Supermarkt gab es einige Hauszeilen mit Geschäften und Arztpraxen. Ein Haus gehörte „Mikonos Securities".

Und der Inhaber, Petros, hatte nicht seinen besten Tag. Das Gesicht sprach Bände.

„Hallo Angelos. Ist was mit den städtischen Anlagen? Das gäbe mir heute den Rest!"

„Nein, nein. Alles in Ordnung. Was regt dich denn so auf?"

„Einer meiner Mitarbeiter ist gestern und heute nicht zum Dienst erschienen. Ich hab mir zuerst nichts gedacht. Vielleicht hat er gesoffen oder eine Eroberung gemacht, aber jetzt ist der zweite Tag und ich finde es alles andere als lustig. Ich habe mehrere Fehler-meldungen, die überprüft werden müssen und meine Kunden gehören nicht zu den Geduldigen!"

„Die Herren Oligarchen in Kalo Livadi und Agios Ioannis?", fragte Angelos.

Petros nickte.

„Du hast ihn bestimmt schon zehn Mal angerufen. Schon bei ihm zuhause gewesen?"

Erneut nickte Petros und seufzte.

„Er ist mein bester Mann. Manuel Torosidis. Fast jeden Fehler kann er von hier aus korrigieren. Ein Software-Ass. Und ich habe niemanden, der ihm das Wasser reichen kann!"

„Ich werde bei ihm mal vorbeischauen", versprach Angelos. „Aber ich hätte noch ein paar Fragen!"

„Schieß los", sagte Petros.

„Das Haus von Samaris – es wird durch eine eurer Anlagen gesichert, richtig?"

„Ja, warum?"

„Ich müsste wissen, ob die Anlage am 13. und 14. störungsfrei lief. Du hast doch bestimmt Protokolle!"

Petros nickte, ging zu einem seiner Computer und tippte auf der Tastatur herum.

Dann verzog er das Gesicht.

„Das verstehe ich jetzt nicht. Sie hatte einen Ausfall. Am 13. von 18 bis 22 Uhr. Seltsam. Normalerweise muss ein Ausfall separat erfasst werden, mit Grund und der Art der Reparatur. Das verlangen die Versicherungen. Aber hier ist nichts!"

„Und lass mich raten. An dem Tag hatte am Abend Manuel Torosidis Dienst, nicht wahr?"

Petros nickte.

„Es ist doch hoffentlich nichts passiert? Na ja, der Kunde hat sich jedenfalls nicht beschwert!"

„Das glaube ich gerne, der hat gerade andere Sorgen. Immerhin ist bei ihm eine Frau ermordet worden. Sicherlich zwischen 18 und 22 Uhr. Und stell dich mal darauf ein, dass Herr Torosidis nie mehr zum Dienst erscheint! Wenn er überhaupt noch lebt!"

Petros ließ die Arme hängen.

„Adresse?", fragte Angelos.

„Ano Mera. Das Haus hinter dem flora-Markt!"

Zehn Minuten später stand Kommissar Nikakis vor der Wohnung von Manuel Torosidis. Es war eine VISA-Tür. heißt: mit einem Ratsch der Kreditkarte ging sie auf. Stille. Wer hätte auch antworten sollen? Schon im Flur empfing ihn eine Blutlache. Er zog seine Glock, auch wenn er nicht glaubte, dass der Mörder noch hier war. Als er vorsichtig in die Küche schaute, war die Quelle des Blutstroms gefunden. Manuel Torosidis hätte selbst eine Alarmanlage benötigt. Er lag auf dem Boden mit einer klaffenden Wunde am Hals.

Angelos schaute sich die Wunde genauer an. Nicht glatt, sondern geriffelt. Eine Handgarotte, vermutete er. Angelos suchte nach dem zweiten Indiz für diese Mordwaffe, die in

Spanien perfektioniert worden war. Er fand es auf der Leiche. Drei abgetrennte Fingerkuppen. Das Opfer schafft es meist noch, ein paar Finger zwischen Draht und Hals zu schieben – allein, es hilft nichts. Durch die beiden Halter an beiden Händen ist die Krafteinwirkung so stark, dass erst die Kuppen wegfliegen. Kurz darauf platzt die Halsschlagader und das Blut spritzt in hohem Bogen heraus. Die Wand neben der Leiche war übersät mit Blutspritzern.

Angelos war nicht überrascht. Schon als Petros ihm vom Ausbleiben seines Mitarbeiters berichtete, konnte sich Angelos den Ablauf vorstellen.

Manuel wird angesprochen, mit viel Geld oder Drohungen gefügig gemacht. Er schaltet die Anlage zum gewünschten Termin aus, und zwar so, dass kein Protokoll erstellt wird. Der Mörder hat freie Bahn, wartet auf ... Wie hieß sie nochmal? ... ah, Irini, und rammt ihr das Messer in den Rücken.

Angelos verließ die Wohnung und versiegelte sie. Vor dem Haus öffnete er die Müllcontainer – und da lag sie: die Garotte, blutverschmiert, mit zwei Holzgriffen.

Angelos schüttelte den Kopf und rief Gabriel an.

„Schöner, was gibt´s?"

„Was es gibt? Eine männliche Leiche. Ano Mera, hinter dem flora, erster Stock rechts. Bitte schick den Leichenwagen her, Fingerabdrücke habe ich und bringe sie gleich zum Flughafen. Sie stammen von der Tatwaffe und die lag im Müll!"

„Welcher Mörder ist denn so blöd?", fragte Gabriel.

„Mörder in Panik. Aber das hier ist etwas anders. Ich bin mir sicher, dass auf der Garotte Samaris´ Abdrücke sind!"

„Samaris ein Doppelmörder?", fragte Gabriel ungläubig.

„Eben nicht. Aber dazu später. Ich muss weiter", sagte Angelos.

„Du hörst Yarivs Sirenengesänge bis nach Ano Mera?", fragte Gabriel.

Angelos lachte.

„Schwimmt ein Rollstuhl eigentlich?"

21

Als Angelos zurück zu „Bill and Coo"
kam, saß Yariv im Jacuzzi.
„Der Patient scheint auf dem Weg der
Besserung", sagte Angelos und lächelte.
„Angelos!"
Yarivs Gesicht zeigt nichts als die pure Freude,
mich zu sehen, dachte Angelos. Dabei war
ich keine vier Stunden weg.
Und Yariv umarmte Angelos, als würde er ihn
nie wiedersehen.
„Komm mit in den Jacuzzi!"
„Oh nein. Ich weiß genau, was du vorhast",
sagte Angelos und schüttelte lächelnd den
Kopf.
„Wäre das so schlimm?"
„Du bist ein Nimmersatt, Kleiner. Ich muss
noch ein paar Telefonate führen – ohne, dass
mir jemand einen bläst", sagte Angelos.
„Dann werden das langweilige Gespräche",
antwortete Yariv trocken. „Was ist denn
passiert?"
„Der Mann von der Sicherheitsfirma, der
Samaris´ Anlage überwacht hat, ist tot.
Eine Garotte, die ich zufällig im Müll fand!"
Yariv schaute ungläubig.

„Und man wird Samaris´ Fingerabdrücke auf den Griffen finden, oder?"

Angelos grinste. Er denkt dasselbe wie ich. Wieder musste Angelos sich in Erinnerung rufen, dass Yariv im Fall der entführten Kinder herausragende Arbeit geleistet hatte. Er ist nicht nur dein Liebhaber, sondern auch ein verdammt guter Kommissar. Denk daran!

„Das vermute ich. Der wahre Mörder beseitigt seine Spuren. Der Techniker hatte vier Bündel 100-Euro-Scheine im Gefrierfach!"

„Nicht schlecht für zwei Mal klicken am Computer. Jetzt weiß ich, welche Menschen sich solch eine Suite leisten können", sagte Yariv.

„Nun, er hat jedenfalls nichts mehr davon", stellte Angelos fest. „Ich muss Tsimikas anrufen und das war noch nie vergnügungssteuerpflichtig! Er muss eine Sonderschicht einlegen, die ersten Abdrücke nochmal prüfen – und er kann mich nicht leiden!"

Yariv lachte.

„Dann lass mich anrufen. Ich kann ganz gut mit ihm!"

Eine Minute später hatte Yariv den Chef der Kriminaltechnik an der Strippe.

Natürlich ging es zunächst nicht um Profanes wie Fingerabdrücke, sondern um Klatsch.

„Ich habe gehört, dass du jetzt auf Mykonos wohnst und die Regenbogenfarbe schwenkst?", fragte Tsimikas.

„Ich bin zur Reha hier und ja, ich bin schwul. Sonst noch Fragen?", gab Yariv zurück.

„Ja. Wie kannst du dich nur von diesem Arsch ficken lassen?", fragte Tsimikas.

Yariv bekam einen hochroten Kopf.

„Weil er der Mensch ist, den ich liebe. Weil ich als Kommissar viel von ihm lernen kann. Und das ist der eigentliche Grund für euer Geläster. Er ist einfach besser. Können wir jetzt bitte zum Dienstlichen übergehen?"

Tsimikas murmelte etwas Unverständliches.

„Du müsstest die Abdrücke von heute vergleichen mit denen vom Samstag. Wir vermuten, es sind die gleichen. Aber viel wichtiger: bitte überprüfe beide Träger, Messer und Garotte, auf Klebstoffreste. Es dürften nicht viele sein, aber wir sind uns beide sicher!"

„'Wir sind uns sicher'? Hat er dir das eigene Gehirn rausgepoppt?", fragte Tsimikas und wieherte los.

„Möglich. Sein Gehirn reicht aber für drei Athener Kommissare", blaffte Yariv zurück und drückte das Gespräch weg.

„Meine Beliebtheit in Athen war noch nie groß. Trotzdem danke für dein Dagegen-halten. Und jetzt erkläre mir bitte, was ‚wir' denken. Danach können wir die Gehirne gleichschalten!"

„Und dann Poppen!"

„Erst die Arbeit, Kleiner. Ich höre?"

„Also: wenn ich jemandem einen Mord anhängen will, brauche ich nur eine Tasse oder ein Glas mit seinen Fingerabdrücken. Die ziehe ich mit einem Testklebstreifen ab. Die gibt es überall zu kaufen. Dann nehme ich den Streifen und klebe ihn auf die Tatwaffe, auf den Messergriff zum Beispiel. Beim Abziehen bleiben die Fingerabdrücke am Griff hängen. Da Abdrücke auf Tatwaffen immer das beste Indiz überhaupt sind, wird auch oft nichts weiter untersucht, denn Testflüssigkeiten für Klebstoff zum Beispiel könnten die Abdrücke verwischen. Also wandert die Waffe mit den Abdrücken in die Asservatenkammer"; sagte Yariv.

„Gehirne synchronisiert", antwortete Angelos und lachte. „Woher weißt du das?"

„Fortbildung. Es war der Fall eines ermordeten Mädchens in Thessaloniki. Zuständiger Kommissar: Angelos Nikakis!"

„Ein Fall von mir wird in der Fortbildung behandelt?", fragte Angelos erstaunt.

„Es ist nicht der einzige. Bei mir waren es drei. Das ist auch der Grund, warum manche eine Aversion gegen dich haben. Statt Anerkennung erntest du Neid. Mir haben die Fälle viel geholfen, wie du gerade gesehen hast!"

„Und was ist das Motiv des wahren Mörders und wie war der Ablauf?"

„Der Mörder will Samaris aus dem Rennen kegeln. Er besticht den Techniker und lässt die Alarmanlage ausschalten. Er tötet die Frau und überträgt Samaris´ Fingerabdrücke auf das Messer. Die Originalabdrücke zu besorgen ist kein großes Problem: entweder aus seinem Büro oder man folgt ihm in ein Café, wartet bis er geht und schnappt sich die Tasse. Voilà. Und Profis nehmen Tassen, weil Keramik rauer ist als Glas. Dann tötet er den Techniker, gleiches Spiel mit den Abdrücken – und dann platziert er die präparierte Waffe so, dass man sie fast finden muss!"

„Langsam wirst du mir unheimlich, Kleiner. Das waren genau meine Gedanken, fast wort-gleich. Weißt du, was mich stutzig gemacht hat?", fragte Angelos und klickte auf dem Notebook auf den Ordner „Tatortfotos".

„Schau dir alle genau an und sag mir, ob dir etwas auffällt. Lass dir Zeit!"

„Gibt es dafür Fleißpünktchen?"

Angelos lachte.

„Und ich weiß, wofür du sie einlösen willst. Erst schauen und denken!"

Es dauerte gut zwei Minuten, dann legte Yariv das Notebook weg.

„Das Messer hat einen Linksdrall. Der Täter kann nur Linkshänder gewesen sein. Als Rechtshänder hätte der Mörder seitlich links vom Opfer stehen müssen. Aber dann hätte die Frau ihn gesehen und sich gewehrt. Es wären zumindest Schnitte oder Schürfungen an den Armen zu sehen, aber der Rücken ist die einzige Verletzung!"

„Und Samaris ist Rechtshänder. Er sollte mir den Namen seiner Haushälterin aufschreiben. Er tat es mit rechts", ergänzte Angelos.

„Das gibt sogar drei Fleißpünktchen!"
Er küsste Yariv.

„Du wirst, nein, du bist ein guter Kommissar!"

„Was ich nicht einordnen kann, ist der Mord an Tsokolotos´ Frau in Athen. Warum hat ihn der Mörder als Selbstmord inszeniert?", fragte Yariv.

„Ganz einfach. Bei einem Mord wären seine Beliebtheitswerte gestiegen. ‚Der arme Mann', ‚Was für eine Tragödie!' und so weiter. Aber der Selbstmord einer Ehefrau bleibt immer am Ehemann hängen, egal, ob er tatsächlich der Grund war. Die Leute sagen: ‚Bestimmt hat er sie geschlagen!' Oder betrogen oder sonst was!"

„Gut. Jemand will die Kandidaten auf die Migiakis-Nachfolge ausschalten. Die naheliegendsten Verdächtigen wären die anderen auf der Liste. Aber du hast bestimmt eine andere Vermutung", sagte Yariv.

„Ja. Bisher ist nichts nach außen gedrungen. Aber das wird bald passieren und zwar zeitgleich. Wie wird die Öffentlichkeit reagieren?", fragte Angelos.

„Sie werden sagen, dass alle Politiker Dreck am Stecken haben", vermutete Yariv.

„Exakt. Damit fallen die restlichen zwei auf der Liste auch weg. Und was macht man dann? Man zaubert einen Dritten hervor, der unbelastet ist und den Saubermann markieren kann. ER ist derjenige, der hinter allem stecken könnte. Nur: wenn er nicht auf dem Schirm ist: wie sollen wir ihn dann finden?", fragte Angelos.

Und das ‚wir' gefiel Yariv.

„Migiakis fragen, wer das Kaninchen aus dem Hut sein könnte", meinte Yariv.

„Ja. Es geht halt um viel. Die Gasfelder in der Ägäis und vor Zypern zum Beispiel. Der nächste Premier muss heikle Entscheidungen treffen!"

„Du glaubst, es könnten andere Länder mit von der Partie sein?", fragte Yariv ungläubig.

„Warum nicht? Die Türken beanspruchen die Gasfelder für sich. Ein kompromissbereiter Premier in Athen wäre ein Haupttreffer. Oder die Chinesen wollen noch mehr Kontrolle über die griechische Wirtschaft als sie ohnehin schon haben. Die Liste ist lang!"

„Das klingt nach Thriller. Es gibt aber bisher keinen Hinweis auf eine ausländische Beteiligung", wand Yariv ein.

„Stimmt nicht ganz. Der Mörder ist ein Profikiller. Das sind in der Regel ehemalige Elitesoldaten oder Geheimdienstler. Da sind die Verbindungen meist eng. Ansonsten bliebe nur die Organisierte Kriminalität. Russen oder Ukrainer. Aber deren Geschäfte laufen unabhängig davon, wer in Athen Premierminister ist. Denen genügt es meist, Polizei und Justiz zu schmieren. Und glaube mir, das funktioniert besonders in Athen gut!"

„Was meinst du damit?", fragte Yariv.

„Ich meine, dass Athen nicht der richtige Platz für dich ist. Du gehst jedenfalls nicht zurück, bevor ich weiß, was bei der Razzia schiefgelaufen ist. Irgendjemand muss euch verpfiffen haben. Sie wussten, dass Ihr kommt", sagte Angelos.

„Du machst dir Sorgen um mich?"

„So eine saublöde Frage. Also gut. Du willst es hören: ich habe Angst, weil ich dich liebe!" Yariv lächelte.

„Ich kann aber nicht ewig hierbleiben. Das würde auch ziemlich teuer für dich. Außer wir finden etwas anderes!"

„Das war ein netter Versuch, aber ich kann momentan keine Pläne schmieden. Es muss dir momentan reichen, dass du weißt, dass ich dich liebe. Wenn das nicht genug ist, dann …"

Yariv legte den Zeigefinger auf Angelos´ Lippen.

„Es ist mehr als ich erhofft habe. Vor vier Wochen habe ich nur ein Bild von dir angestarrt. Und jetzt bist du bei mir. Und manchmal in mir!"

Angelos lachte.

Und weil wir gerade beim Thema sind. Wie wäre es mit etwas Fortbildung?", fragte Yariv und drehte an seiner Locke.

„Sag mal: hat das mit der Locke in Kombination mit dem Blick auch bei den Frauen funktioniert oder bin ich das einzige Wesen, das bei dem Duett die Segel streicht?", fragte Angelos.

„Ich habe keine Ahnung, was du meinst", sagte Yariv grinsend.

„Nun, wie wäre eine Lehrstunde ‚Bondage'?", fragte Angelos.

„Was bitte?", fragte Yariv.

„Fesseln, Kleiner!"

Und wie erwartet strahlte der „Kleine".

22

Angelos´ Ehemann Khaled Nikakis lag flach auf der Sonnenliege im Steingarten der „Villa Nikakis".
Es ging ihm alles andere als gut.
Ich bin ein Idiot. Ich habe Angelos versprochen, es locker zu sehen und nicht eifersüchtig zu werden. Und was mache ich? Ich lasse ihn in Athen sitzen und reagiere nicht auf drei SMS von ihm. Aber was sollte ich ihm sagen?
Dass ich mit einer Situation nicht zurechtkomme, obwohl ich von der gleichen Lage vor drei Jahren profitiert habe. Damals war ich der Eindringling und habe nicht lockergelassen, bis Angelos kapitulierte. Damals habe ich ihm versprochen, in einer ähnlichen Situation fair und gelassen zu bleiben – und das tue ich nicht. Obwohl Angelos immer wieder betont hatte, mich nie verlassen zu wollen und mich auch nicht weniger liebe als früher. Ich liebe nur noch einen anderen und dafür kann ich nichts, hatte Angelos gesagt.
So wie ich nichts dafür konnte, für dich Gefühle zu entwickeln.
Und er hatte recht.
Das Einzige, was anders war: Angelos´ Liebe zu Khaled war gewachsen. Bei Yariv dagegen

war es ein „Coup de foudre". Angelos hatte schlicht der Schlag getroffen und war bis über beide Ohren verliebt. Kein Wunder: selbst ich muss zugeben, dass Yariv eine Augenweide, ein helles Köpfchen und richtig nett ist.

Angelos hatte mir jede SMS gezeigt, bei jedem Telefonat sollte ich mithören. Ich werde dich nicht hintergehen, meinte er. Und er hat Wort gehalten.

Dann mein peinlicher Auftritt in Yarivs Wohnung. Wegen ein paar Bildern!

Wieder durchfuhr ein stechender Schmerz Khaleds Bauch. Verflucht. Schon an dem berüchtigten Tag in Athen hatte ich Schmer-zen. Wahrscheinlich habe ich deswegen so reagiert. Ist aber keine Entschuldigung.

Gut: ich muss etwas unternehmen. Angelos, Arzt. In der Reihenfolge.

Khaled stand auf, als der Schmerz ihn wie ein Hammer traf und wieder auf die Liege warf. Khaled krümmte sich vor Schmerzen.

Es hat keinen Sinn, dachte er und griff zum Handy.

23

Bei „Bill and Coo" verlief die Übungseinheit nicht wie geplant. Kaum war Ýariv an den vierten Pfosten gebunden … war es auch schon wieder vorbei.

Angelos musste lachen, hätte sich aber dafür ohrfeigen können. Nachdem er Yariv losgebunden hatte, rollte sich dieser auf den Bauch und vergrub den Kopf unter dem Kissen.

„Entschuldige, Kleiner, ich musste einfach lachen. Du warst schon beim Festbinden so rollig, das musste schiefgehen. Und? Ist mir auch schon passiert. Denk ja nicht drüber nach. Wir kuscheln ein bisschen und dann probieren wir es nochmal. Außer du bist sauer auf mich!"

„Ich bin sauer auf mich", knurrte Yariv.

Angelos legte sich neben ihn und streichelte ihm über den Kopf.

„Löffelchen ohne Sex?". fragte Angelos.

„Ja, bitte!"

Das Löffelchen war aber schnell beendet, denn Angelos´ Handy brummte.

„Es ist Khaled", sagte Angelos. Nach fünf Tagen. Eigentlich sollte ich ihn zappeln lassen, dachte er, nahm aber das Gespräch an.

„Heut hab ich keine Zeit mehr für ein Gespräch …", begann Angelos.

Dann hörte er Khaled stöhnen.

„Das ist es nicht. Ich brauche deine Hilfe. Mir geht es gar nicht gut. Ich habe Schmerzen, ich halt´s fast nicht mehr aus! Bitte, komm!"

Angelos zögerte.

„Wehe, du bist quietschfidel, wenn ich komme", sagte er.

Erneut hörte er Khaled stöhnen und keuchen. Das war kein Theater.

„Bin sofort da", sagte Angelos.

„Yariv! Anziehen. Wir müssen zu Khaled. Ihm geht´s nicht gut!"

„Er wird mich umbringen", entgegnete Yariv.

„Warum sollte er? Außerdem hat er, glaube ich, ganz andere Sorgen!"

Zwei Minuten später rasten sie die kurze Strecke von Kamalafka nach Ornos.

24

Als Angelos die Türe öffnete, konnte er Khaled schon stöhnen hören. Er lag auf einem Sonnenbett auf der Terrasse – immerhin im Schatten. Doch er litt unter heftigen Schmerzen und sein Gesicht war verzerrt.

Und ihm lief das Wasser in Sturzbächen über die Stirn.

„Grundgütiger. Was ist denn mit dir los?", fragte Angelos.

„Ich … weiß … nicht. Der Magen … glaube ich", stammelte Khaled.

„Wo tut es denn weh?", fragte Angelos, aber Khaleds Hand fuhr über die gesamte rechte Bauchseite.

„Galle oder Leber?", fragte Angelos Yariv. Der aber öffnete seine Hose und zog das Shirt hoch.

„Was zum Teu …"

„Lass mich dort hinsetzen", sagte Yariv im Befehlston.

„Ich muss dir jetzt wehtun, Khaled. Ich lege jetzt einen Finger auf die Stelle, die ich vermute!"

Yariv nahm nur den Zeigefinger der rechten Hand und strich vorsichtig über Khaleds Bauch. Dann drückte er.

Khaleds Gebrüll war sicherlich noch in Athen hörbar.

Yariv stand auf und sagte zu Angelos:

„Es ist der Blinddarm. Ich hatte auch fast einen Durchbruch. Deswegen die Narbe und das Tattoo. Er muss schleunigst ins Krankenhaus. Platzt das Ding ist Schicht im Schacht!

„Dann verfrachten wir ihn …", begann Angelos, aber Yariv unterbrach ihn.

„Unter keinen Umständen. Im Sitzen platzt der Blinddarm. Er muss liegend transportiert werden. Wir brauchen einen Krankenwagen, und zwar schnell!"

Angelos rief in der Klinik an, setzte sich dann wieder neben Khaled und nahm dessen Hand.

„Kaum lässt man dich mal ein paar Tage allein … du arabischer Dickschädel", sagte Angelos und lächelte.

Doch Khaled war zu keiner Reaktion mehr fähig. Er delirierte.

Zwei Minuten später kam der Rettungswagen und vorsichtig bettete man Khaled um.

„Wäre ich dagewesen …", begann Angelos.

„Wäre er auch nicht ins Krankenhaus", entgegnete Yariv.

25

Als Angelos und Yariv an der Hygeia-Klinik am großen Kreisverkehr eintrafen, wurde die Bahre mit Khaled bereits hineingeschoben.

Beide rannten hinterher, aber im Gang versperrte ihnen ein Arzt den Weg.

„Der Patient ist mein Ehemann. Ich glaube, es ist der Blinddarm", hechelte Angelos.

„Sie müssen trotzdem im Warteraum Platz nehmen. Momentan darf niemand in den Intensiv- und OP-Bereich. Ich bin übrigens Nikos Kavafis und werde Ihren Mann gleich operieren. Der OP wird gerade vorbereitet, vorher brauche ich noch einen Ultrasch …"

Weiter kam der Arzt nicht, denn Chefarzt André Silva rauschte zur Tür herein.

„Hallo Angelos, was ist mit Khaled?"

„Ich vermute .., nein, Yariv vermutet, es ist der Blinddarm!"

„So, so. Yariv … Man hört ja saubere Sachen über dich!"

Yariv war auf die Toilette verschwunden und so konnte Angelos kräftig dagegenhalten.

„Oh, bitte, erspare mir deine Belehrungen. Ich liebe Khaled noch immer. Ich habe ihn nicht angelogen, er weiß alles. Es ist nur so, dass ich einen Zweiten liebe. Und ich werde mich nicht zu einer Entscheidung drängen lassen, nur weil die Leute das erwarten. Wieso sollte ich einem der beiden – und mir – wehtun?"

„Khaled könnte sterben", bemerkte André.

„Und Yariv wäre fast gestorben. Ich sorge mich um beide", knurrte Angelos.

„Ich verstehe dich nicht. Khaled ist *der* perfekte Ehe …"

In diesem Moment kam Yariv zur Tür herein, lächelte und sagte „Hallo!"

André stand der Mund offen. Er schaute Angelos an und sagte leise:

„Grundgütiger. Bei dem wäre ich auch schwach geworden. Wieso fallen alle schönen Männer immer nur in deinen Honigtopf?"

Angelos lächelte, aber Yariv hatte alles gehört und antwortete für ihn:

„Weil er schön ist. Weil er clever ist. Und weil er einen zu Tode ficken kann!"

„Yariv! Bitte!", flehte Angelos und schüttelte den Kopf.

„Ich ziehe mich mal um und helfe Nikos im OP", sagte André und verließ den Warteraum. Beim Schließen der Türe hörte man noch ein einziges Wort: „Unfassbar!"

„Was hat er denn?", fragte Yariv und drehte an seiner Locke.

26

Nun waren sie alleine. Angelos und Yariv saßen nebeneinander auf zwei Stühlen.

„Wenn er stirbt, dann war unser letztes Gespräch der Streit in deiner Wohnung", flüsterte Angelos.

„*Er* hat dich dort stehenlassen. *Er* hat auf deine SMS nicht reagiert. Also hör auf, dich schuldig zu fühlen", entgegnete Yariv.

Angelos sagte nichts.

„Auch ich habe Angst", sagte Yariv leise.

„Du? Wovor?"

„Du wirst dich jetzt um Khaled kümmern, was ich verstehe. Ich werde dich weniger sehen, dann noch weniger …"

„Das glaubst du? Siehst du nicht, was mit mir los ist? Ich liebe Alex noch immer, obwohl er tot ist. Ich liebe Khaled. Aber bei beiden ist die Liebe gewachsen. Bei dir ist alles anders. Ich war noch nie so verliebt wie jetzt!"

„Wirklich?"

„Ja. Nur kann ich dir nichts versprechen, außer, dass ich dich nicht verlieren will! Wenn dir das zu wenig ist, weiß ich auch nicht weiter", sagte Angelos.

„Schau mich an", sagte Yariv.

„Was bedeutet es, wenn jemand seine ganze Wohnung mit Bildern einer Person zukleistert?"
Angelos grinste.
„Dann ist derjenige hoffnungslos verliebt – oder er ist ein Psychopath!"
„Dann bin ich halt ein verliebter Psychopath. So what? Und wenn du dich gegen mich entscheidest, werde ich halt warten. Ich gebe dich nicht mehr auf", sagte Yariv bestimmt.
„Eines kann ich dir versprechen: ich werde dich nicht wegschicken. Dafür …"
„ … liebst du mich zu sehr. Herrgott, was ist so schwer daran, es auszusprechen? Wir üben das jetzt: Angelos, ich liebe dich. Jetzt du!"
Angelos lächelte.
„Ich liebe dich, Yariv!"
„Geht doch", sagte Yariv.
Just in diesem Moment kam André zur Türe herein.
„Und?", fragte Angelos ängstlich.
„Der Blinddarm war schon teilweise aufge-platzt und der Eiter ist in die Bauchhöhle gelaufen. Meist führt das zu einer Infektion. Wir können nichts anderes machen, als ihm hochdosiert Antibiotika zu verabreichen. Aber es kann sein, dass wir mehrere ausprobieren müssen. Dennoch: Khaled ist jung, also stehen die Chancen gut. Wir haben ihn in den Tiefschlaf versetzt, kein richtiges künstliches Koma, aber er wird und soll drei Tage

schlafen. Also macht es keinen Sinn, hier zu warten. Geh nach Hause, Angelos. Wenn was ist, rufe ich dich an!"

Dann drehte sich André um und sagte zu Yariv:

„Und wenn Sie von ihm die Schnauze voll haben, sollten wir etwas trinken gehen! Jetzt muss ich wieder!"

Dann verschwand der Chefarzt.

„Warte, André. Kann es sein, dass Khaled durch den Blinddarm …"

„Du möchtest wissen, ob man sich durch eine Blinddarmentzündung verändern kann? Und dass man plötzlich nicht mehr toleriert, wenn der Ehemann fremdgeht?"

„ER IST NICHT FREMDGEGANGEN", sagte Yariv laut. „Denn ich bin nicht fremd. Khaled wusste alles. Und zu mir hat er gesagt, dass er es zwar nicht toll findet, aber dass er damit klarkommt. Angelos hat nichts falsch gemacht!"

André schüttelte den Kopf.

„Wie schaffst du es nur, dass deine Jungs dich immer verteidigen? Aber zu deiner Frage: Er hatte Leukos 60. Die Entzündung schwelt seit Wochen und natürlich fühlt man sich nicht gut und wird gereizt. Ich befürchte daher, wenn Khaled aufwacht, wird er sich *bei dir* entschuldigen. Gibst du denen Drogen?"

„Nein, etwas viel Besseres", ging Yariv dazwischen.

„Ah. Der Zauberstab", meinte André sarkastisch.

„Nein. Echte Liebe", antwortete Yariv.

27

Angelos und Yariv waren noch nicht beim Wagen, als Angelos´ Handy brummte – und 8 Anrufe zeigte. Alle von Gabriel.

Angelos konnte sich denken, was passiert war.

„Lass mich raten: zehn Zeitungen und fünf TV-Teams", sagte Angelos zu Gabriel.

„Wir sind im 21. Jahrhundert, mein Schöner. Eher umgekehrt. Die ersten sind schon da, mit dem Hubschrauber und stehen vor Samaris´ Haus. Natürlich hat er auch schon angerufen und irgendetwas davon gefaselt, dass er dich verklagt!"

„Vielleicht sollte ich die entlastenden Beweise in die Tonne werfen", knurrte Angelos.

Tatsächlich hatte die Kriminaltechnik in Athen Klebereste auf beiden Tatwaffen entdeckt. Die Fingerabdrücke waren lediglich aufge-tragen worden.

„Was ist denn überhaupt raus? Nur Samaris?"
„Nein. Beide. Samaris und Tsokolotos. Es gibt überhaupt keine anderen Nachrichten mehr. Wo bist du überhaupt?"
„Klinik. Khaled. Er hatte einen Blinddarm-durchbruch! Sie haben ihn in den Tiefschlaf versetzt!"
„Oh Mist. Dir bleibt auch nichts erspart. Was soll ich tun?", fragte Gabriel.
„Ich bin in zehn Minuten am Rathaus. Sag den Geiern, dass ich um 16 Uhr eine Presseer-klärung gebe. Dann lassen sie vielleicht Samaris in Ruhe", sagte Angelos.
„Und?"
„Was und?"
„Bringst du ihn mit?", fragte Gabriel.
„Natürlich. Müssen wir uns verstecken?", raunzte Angelos.
„Im Gegenteil. Ich möchte ihn endlich sehen!"

Zwölf Minuten später lief Gabriel der Kaffee durch die Nase. Auch der Rest der Rathaus-besatzung starrte auf des Bürgermeisters neuen, äh, Begleiter.
„Hast du dich etwa verschluckt?", fragte Angelos Gabriel und grinste.
„Darf ich vorstellen: mein neuer .., äh ..!"
„Es heißt ‚meine neue Liebe'. Er wird sich schon noch daran gewöhnen. Ich bin Yariv!"

„Mehr als nur erfreut", stammelte Gabriel und hielt Angelos am Bund fest.

„Wo kann man so etwas bestellen?", fragte er leise. „Und wie machst du das immer?"

Angelos zuckte mit den Schultern.

„Weiß nicht. Aber wenn du ihn weiter anstarrst, lasse ich die Luft aus deinem Rollstuhl. Gibt´s hier nur noch Schwuchteln?", fragte Angelos und ging mit Yariv in sein Dienstzimmer.

Auf Skai TV arbeiteten sie mit Split-Screen, sodass die Zuschauer die Tatorte gleichzeitig im Blick hatten.

„Gott sei Dank sind es keine drei Morde, sonst würden sie nicht mehr auf den Schirm passen", knurrte Angelos.

Natürlich ließen die Reporter die Zuschauer so im Ungewissen, dass sich jeder das heraus-picken konnte, was ihm passte. Bei Samaris sprach man von der „grauen Eminenz" der Konservativen, dessen „Beteiligung an dem Mord noch nicht geklärt sei. Im Falle Tsokolotos wusste der Reporter schon, dass es Selbstmord war. Man munkele, es habe in der Ehe erhebliche Differenzen gegeben und sogleich folgte das Unvermeid-liche: die Interviews mit den Nachbarn, die, für 50 Euro und einmal im Fernsehen sein, Geschichten schlicht erfanden. Nachdem das Gebräu angerührt war, folgte Stufe 2 der

Widerlichkeiten: die Straßeninterviews mit den „Bürgern". Man schimpfte über die Verderbtheit der Politik und die „Herren da oben" hätten ja alle Leichen im Keller. Der Dritte sprach es dann aus: „Es wird Zeit, dass jemand Neues einmal aufräumt!"

Angelos schaltete den Fernseher aus.

„Deine Vorhersage stimmte", sagte Yariv.

„Dazu gehörte wirklich nicht viel. Es läuft immer gleich ab. Widerlich. Vor allem, wenn man weiß, dass alles gesteuert wird", meinte Angelos.

„Fragt sich nur, von wem. Du müsstest …", begann Yariv.

„ … Migiakis dazu bringen, mir die anderen Namen zu nennen. Aber einer von denen könnte entweder der Täter, aber auch das nächste Opfer sein!"

„Hast du eine andere Idee?", fragte Yariv.

„Noch nicht. Aber wir müssen nach unten zum Pressebriefing", sagte Angelos.

„WIR?", fragte Yariv entgeistert.

„Natürlich. Oder genierst du dich an meiner Seite?"

„Im Leben nicht. Was bin ich denn dann? Der Kollege aus Athen? Ein Freund?"

„Gute Frage. Entweder ‚Das neueste Opfer des Zauberstabs' oder ‚Meine neue Liebe'?", schlug Angelos vor.

„Letzteres klingt gut, bringt dir aber garantiert Ärger ein", sagte Yariv.
„Was mich nicht im Geringsten interessiert. Wofür muss ich mich denn schämen? Für meine Gefühle? Oder Khaleds Blinddarm? Aber unterstehe dich, mich vor laufender Kamera anzufummeln!"
Yariv drehte an seiner Locke, hob den Zeigefinger und sagte:
„Ich habe keine Ahnung, was du meinst!"

28

Ich kann Ihnen nur sagen, dass nach dem jetzigen Stand Herr Samaris nicht im Verdacht steht, die Frau ermordet zu haben!!"
„Stimmt es, dass die Frau die Geliebte war?", fragte einer der Journalisten.
„Die Antwort kennen Sie", antwortete Angelos und grinste.
Die Medienvertreter verdrehten die Augen und sagten fast gleichzeitig:
„Opferschutz."
„Bravo. Ihr lernt es noch!"
„Warum steht Herr Samaris nicht mehr unter Verdacht?"

Wieder grinste Angelos.

„Täterwissen", kam die vielstimmige Antwort.

„Aber es besteht doch ein Zusammenhang zwischen den beiden Morden?"

„Außer einem zeitlichen kann ich keinen erkennen", sagte Angelos, der damit schlicht log. Aber Migiakis sollte den Zeitpunkt seines Rücktritts selbst bestimmen.

„Aber ich kann einen erkennen", sagte eine rothaarige Journalistin. Sie war von „Kathimerini".

„Und der wäre?"

„Bei beiden Morden waren Sie vor Ort. Das ist doch ungewöhnlich, dass ein Kommissar aus Mykonos an einem Tatort in Athen auftaucht!"

„Erstens kann ich Ihnen versichern, dass ich nicht der Mörder war. Zweitens: ich war zufällig in Athen und wurde gebeten, den Tatort zu besichtigen, da alle leitenden Kommissare anderweitig im Einsatz waren", sagte Angelos. Lüge Nummer Zwei.

„Ein Vögelein aus dem Präsidium hat gezwitschert, dass doch ein Kommissar vor Ort war und der auf Selbstmord entschieden hatte. Erst Sie haben dann anhand des Seiles festgestellt, dass es Mord gewesen sein muss!"

Woher weiß die dumme Kuh das?

„Ich kann Ihnen nur bestätigen, dass Frau Tsokolotos ermordet wurde. Zu weiteren Details kann ich nichts sagen …"

„Täterwissen", murmelte die Menge.

Aber die Rothaarige ließ nicht locker.

„Der Herr neben Ihnen ist doch Kommissar in Athen. Hilft er Ihnen bei den Ermittlungen?"

„Nein. Herr Markaris erholt sich hier von seinen Schussverletzungen!"

„Ich wusste gar nicht, dass es auf Mykonos eine Reha-Klinik gibt!"

„Schreiben Sie jetzt für die Gesundheits-beilage?", fragte Angelos zurück.

„Nein. Aber mitunter für die Klatschspalte", sagte die Rothaarige grinsend.

„Herr Markaris wird in der Angelos-Nikakis-Klinik behandelt und die bewirkt Wunder!"

Gelächter – bis auf die Rothaarige.

„Sind Sie nicht verheiratet?"

Angelos drehte sich zu Yariv, küsste ihn auf die Backe und sagte: „Hat mich gefreut. Guten Tag, die Herren!" Letzteres betonte er.

Im Inneren des Rathauses hielt Yariv Angelos am Arm fest und sagte nur ein Wort: „Danke!"

29

Angelos und Yariv liefen Arm in Arm über die Uferpromenade.

„Schau dir das an! Außer uns nur noch acht, nein, zehn Touristen. So leer war die Insel noch nie. Ich weiß, es ist schlimm für die kleinen Leute, aber vielleicht kommen wir noch rechtzeitig zur Besinnung", sagte Angelos.

„Darauf würde ich keinen Euro wetten. Ein Impfstoff und schon schwappt die Tsunami-welle an Besuchern wieder über die Insel und im Hafen prügeln sich die Kapitäne der Kreuzfahrtschiffe um den Liegeplatz, während 85 Busse die Gäste in die Altstadt kippen", entgegnete Yariv.

„Na, du machst mir ja Mut!"

Plötzlich wurden beide geblendet.

Die rothaarige Journalistin stand vor ihnen und grinste.

„Oops. Da will man die Uferpromenade ablichten und wer läuft einem vor die Kamera? Der Herr Bürgermeister und sein neuer ...??"

„An Anstand brauche ich bei ‚Kathimerini' nicht appellieren, aber es gibt so etwas wie das Recht am eigenen Bild!", knurrte Angelos.

„Wollen Sie mir jetzt die Kamera entreißen? Im Übrigen wissen Sie genau, dass dieses Recht nicht für Personen von öffentlichem Interesse gilt. Bestimmt nicht für Menschen, die sich für die ‚Vogue' ausziehen", meinte der Rotschopf.

Yariv schaute Angelos mit großen Augen an. „Es war ein Wettbewerb. ‚Schönster Bürgermeister Griechenlands'. Der Gewinner bekam hundert Notebooks für die Schule!"

„Und du hast gewonnen?", fragte Yariv grinsend.

„Du machst es dir heute selbst, frecher Kerl!" Angelos drehte sich wieder in Richtung der rothaarigen Journalistin.

„Sie glauben, Ihre Leser interessieren sich für Klatsch von einer kleinen Insel?"

„Wenn nicht haben Sie ja nichts zu befürchten. Außer vielleicht von Ihrem Mann!"

Angelos packte die Frau an der Bluse.

„Frauen wie Sie erinnern mich immer daran, warum ich schwul geworden bin!"

„Angelos! Lass uns gehen", sagte Yariv.

„Ja, Herr Bürgermeister. Gehen Sie zu 'Bill & Coo', richtig?"

30

A ngelos und Yariv ließen sich auf das Bett fallen. Doch kurz vor Mitternacht vibrierte Angelos' Handy.

„Verflucht .."

Aber es war Antonis Migiakis und den wollte er ohnehin sprechen, um dem Mörder nicht weiter hinterherrennen zu müssen.

„Ich muss dich sprechen", sagte Migiakis.

„Äh, das Gerät, das du in der Hand hältst, ist ein Telefon", antwortete Angelos.

„Sehr witzig. Ich habe nur keinen Nerv mehr dafür. Kann sich der Herr Bürgermeister vorstellen, was hier heute los war?"

„Du glaubst, die Meute war nur bei dir?", knurrte Angelos.

„Ich habe deinen Auftritt gesehen. War das klug?!"

„Also viel habe ich nicht erzählt. Nichts, was die nicht eh schon wussten!"

„Ich meine nicht die Morde. Ich meine die Sache mit Yariv", sagte Antonis.

„Wen interessiert denn das?", konterte Angelos.

„Du bist doch sonst nicht so naiv. Aber egal. Ich muss persönlich mit dir sprechen. Ich fliege morgen früh zu dir und komme dann direkt zu euch in die Villa. Der Wagen der Security ist schon unterwegs mit der Nachtfähre", sagte Migiakis.

„Äh. Nicht in die Villa. Yariv und ich wohnen momentan bei ‚Bill and Coo'!"

„Grundgütiger. Du bist ausgezogen? Und was ist mit Khaled?"

„Kannst du nicht einfachere Fragen stellen?", fragte Angelos zurück und wischte das Gespräch weg.

31

Emre warf das Handy auf seinen Schreibtisch, wo es prompt auseinanderbrach. „Du elender Sohn einer Hure!", schrie er, obwohl niemand im Raum war.

Als ob ich etwas dafür könnte, dass Migiakis seine Meinung ändert. Natürlich wirft das alle Pläne über den Haufen. Alles umsonst. Drei Monate Planung im Eimer.

Aber was dieser räudige Hund jetzt befahl, war schlicht Wahnsinn. Offensichtlich hat er jeden Bezug zur Realität verloren, dachte Emre.

Nur: eine Weigerung würde bedeuten, dass er seinen wichtigsten Auftraggeber verlieren würde. Im besten Falle,

Was Emre am meisten hasste, waren Schnellschüsse – im wahrsten Sinne des Wortes. Keinerlei Planung, keinerlei Abwägen der Optionen, ganz zu schweigen von Flucht- wegen. Aber mit solchen Kleinigkeiten gibt sich der Herr ja nicht ab.

Emre setzte sich und zündete eine Zigarette an. Ist das Vorhaben realisierbar? In der kurzen Zeit? Ein Scheitern könnte im schlimmsten Falle zum Krieg führen. Andererseits sind die Gasvorkommen von essenzieller Bedeutung, ansonsten kracht unsere Wirtschaft zusammen und genau davor hat der große Sultan am meisten Angst. Emre drückte einen Knopf auf seiner Telefonanlage.

„Mehtab? Ich brauch ein neues Krypto- Handy. Und zwar nicht erst morgen!"

Du musst strategisch vorgehen, sagte sich Emre.

Zwei Anrufe.

Einer in Athen. Bei Mr. Blue Star.

Der andere auf Mykonos. Bei Hayalet.

Und Hayalet bedeutet nichts anderes als: Geist.

32

Aufstehen! Zack-zack! Und Kaffee!"
Angelos öffnete zunächst nur ein
Auge.
Es war 8.30 Uhr – finstere Nacht für Kommissar
Nikakis.
„Dein Gesicht am Morgen ist eine Zumutung",
knurrte er.
„Auch du siehst nicht ganz taufrisch aus. Raus
jetzt. Ich setze mich derweil auf die Terrasse.
Und damit du wach wirst, habe ich dir die
Zeitung mitgebracht. Kompliment! In einer
Regierungskrise auf Seite 1 zu kommen, ist
eine reife Leistung!"
Antonis Migiakis warf die neueste Ausgabe
der „Kathimerini" aufs Bett.
Angelos war hellwach und auch Yariv kam
langsam zu Bewusstsein.
„Scheiße", sagte Angelos.
„Süßes Foto", meinte Yariv.
Auf Seite 1 stand unten „Der doppelte
Kommissar: zwei Morde. zwei Tatorte, zwei
Männer!"
Daneben das Foto von der Uferpromenade,
auf der deutlich zu sehen war, dass die
beiden Herren sich lieben.

„Blöde Kuh", knurrte Angelos.

„Oh Gott. Wenn Khaled das sieht, bringt er mich um", sagte Yariv.

„Er bringt höchstens mich um. Außerdem schläft er noch bis übermorgen", antwortete Angelos.

„Wo bleibt mein Kaffee? Ich dachte, das ist ein Luxusladen?", fragte Premierminister Migiakis.

Angelos rief den Zimmerservice an und hob Jeans und Shirt vom Boden auf.

Zehn Minuten und eine Kanne Espresso später waren Angelos und Yariv halbwegs bereit für ein Gespräch.

„Wer steht denn noch auf der Liste deiner potenziellen Nachfolger?", fragte Angelos.

„Nur noch die Gesundheitsministerin!"

„Dann ist sie entweder die Auftraggeberin oder das nächste Opfer, oder besser gesagt: die Personen, die ihr nahestehen. Weder Samaris noch Tsokolotos ist selbst etwas passiert", sagte Angelos.

„Deine zweite Theorie war, dass jemand von außen die Strippen zieht", meinte Yariv.

„Und das können alle sein. Türken, Chinesen, Russen ... jeder will ein Stück vom Gas-Kuchen. Halt, falsch. Sie wollen den ganzen Kuchen", sagte Migiakis.

„Wer weiß eigentlich von der Liste?", fragte Angelos.

„Nur die drei", erklärte Migiakis. „Aber das ist alles hinfällig. Die Medien kochen ihr ‚Alle-Politiker-haben-Dreck-am-Stecken-Süppchen'. Schau dir den Kommentar in der Zeitung an. Mein Nachfolger muss von außerhalb der Politik kommen, unbelastet – und ein Wirtschaftsfachmann. Der Schreiberling schlägt Korbelis vor. Ausgerechnet einen Reeder", regte sich Migiakis auf.

„Ein unbelasteter Reeder – das ist ein Widerspruch in sich", sagte Angelos und las den Kommentar, der eher eine Lobhudelei war.

„Der Kommentar stammt auch von der roten Kuh", knurrte Angelos.

„Egal. Es hat sich ohnehin erledigt. Ich habe mich entschlossen, bis auf Weiteres im Amt zu bleiben", sagte Migiakis.

„Gute Entscheidung", meinte Angelos, dem die Erleichterung anzumerken war. Ein Freund in der Villa Maximos war unbezahlbar.

„Heißt aber, du musst weiterhin regelmäßig Telefonate mit mir führen", fügte er grinsend hinzu.

„Vielleicht sollte ich es doch noch einmal überdenken", sagte Migiakis, der sich plötzlich Yariv zuwandte.

„Sie wissen schon, auf was Sie sich mit ihm einlassen. Angelos ist zweifellos hübsch und clever, aber er zieht Ärger magisch an. Und Kugeln!"

Yariv grinste.

„Sie haben etwas Wichtiges vergessen!"

„Nein. Bitte. Sagen Sie es nicht. Eure Turnübungen gehen mich nichts an!", antwortete Migiakis.

„Können wir bitte zurück zum Thema kommen? Du machst einen Rücktritt vom Rücktritt. Gut – dennoch müssen wir einen Mörder finden. Vor allem aber den Auftraggeber. Ich hätte eine Bitte, die du mir sicher gerne erfüllst. Außerdem brauche ich noch die Hilfe deiner Sekretärin Eleni. Also hör zu …"

Drei Minuten später schaute Migiakis konsterniert.

„Das ist rechtswidrig!"

Angelos lächelte.

„Und daher für dich nichts Ungewöhnliches!"

33

Der Dienstleister für das vorzeitige Ableben Dritter, der Berufskiller Mr. G, neigte nicht zu cholerischen Anfällen oder anderen eruptiven Gefühlswallungen. Das wäre auch kontraproduktiv. Sein Gewerbe erfordert ein großes Maß an Sachlichkeit, Analyse und Präzision. Jedwede Emotion birgt Gefahren in sich.

Doch während Emres Anruf merkte Mr. G wie sein Blutdruck stieg.

„Ich soll also den Premierminister erschießen und dies in ein paar Stunden. Etwas Absurderes habe ich noch nie gehört. In der Regel brauche ich mindestens drei Tage, da ich die Örtlichkeiten genau kennen muss. Ich muss mehrere Fluchtoptionen ausarbeiten und überprüfen. Wie gesagt: absurd!"

„Absurd hoch ist aber auch das Honorar", meinte Emre lapidar und nannte Mr. G eine tatsächlich absurde Zahl.

Genug, um in Rente zu gehen.

Zu riskant, sagte die warnende Stimme in seinem Kopf. Aber eine Herausforderung, bei der du deine ganze Klasse beweisen kannst, entgegnete die forschere Abteilung seines Gehirns.

„Woher stammen die Informationen, dass und wann er nach Mykonos kommt?"

„Aus einer sicheren Quelle", blockte Emre.

„Ich muss alles wissen, sonst mache ich es nicht", raunzte Mr. G.

„Ein Informant unter den Personenschützern". sagte Emre.

Die wissen am besten Bescheid, dachte Mr. G.

„Anzahl der Begleiter?"

„Zwei. Es ist ja ein Privatbesuch. Ein Kinderspiel", sagte Emre, bereute den Spruch aber sofort.

„Dann kannst du es doch selbst machen", konterte Mr. G.

„Entschuldigung. Wie handeln wir das Honorar? Wie in den beiden letzten Fällen?" Emre meinte: Bitcoins über Guangshou.

„Ja. Und jetzt muss ich los. Ich hab eine Menge zu tun", sagte Mr. G und drückte das Gespräch weg.

Zunächst fuhr er zu „Bill and Coo" und registrierte gedanklich Zu- und Ausfahrt. Migiakis würde hinten rechts sitzen. Das zu schützende Objekt muss immer den kürzesten Weg nehmen.

Hinten rechts. Also muss ich von vorne rechts versetzt schießen. Die Variante vom Auto oder Motorrad aus zu feuern, hatte Mr. G schnell verworfen. Die Strecke war zu kurz, zu schlecht und generell ist die Chance von einem beweglichen Standort aus das Opfer letal zu treffen, höchstens fifty-fifty.

Nein. Stationär.

Er fuhr zum Airport und erkannte sofort den idealen Standort. Es war kein Mensch zu sehen, denn es gingen nur zwei Inlandsflüge pro Tag – man hatte schon zugesperrt.

Rechts vom Eingang zum Terminal stand eine kleine Bar, die nur durch Bambusmatten gesichert schien. Perfekter konnte es gar nicht sein. Die ideale Deckung.

Mr. G trug Basecap und Schal sowie einen Bart. Die Legion an Kameras machten ihm keine Sorgen.

Könnte funktionieren, dachte Mr. G.

Ein kurzes Nickerchen und dann das eigentliche Geschäft eines Killers: Warten.

34

Yariv grinste breit.

„Hab ich das richtig verstanden? Die Vorzimmerdame von Migiakis soll die Handys all derjenigen einkassieren, die an den Kabinettsitzungen teilnehmen – unter dem Vorwand, es hätte eine Indiskretion gegeben. Und dann soll sie auf alle Handys eine Spyware aufspielen? Damit man alle Gespräche mithören kann?"

„Nicht nur. Die App ist genial. Man kann alle Emails lesen, das Mikrofon übermittelt alle Gespräche, auch ohne Telefon. Selbst die Kamera kann Bilder machen und sofort weiterleiten", sagte Angelos.

„Zusammenfassend eine zutiefst illegale Aktion. Und das mit einer App, die du von einem Drogendealer erhalten hast", meinte Yariv und lachte.

„Abu Bakar ist kein Drogenhändler. Er ist Importeur für Lifestyle-Produkte", sagte Angelos und grinste.

„Aber im Ernst. Der Auftraggeber muss Gespräche mit Mykonos geführt haben. Vor oder nach dem Mord bei Samaris!"

„Das würde ein normales Abfragen bei ,Cosmote' auch ermöglichen!"

„Sicher. Aber wenn wir einen Treffer landen, müssen wir denjenigen überführen. Dazu brauchen wir eine Handyüberwachung, aufgezeichnete Gespräche ...", erklärte Angelos.

„Das kriegst du vor keinem Gericht durch", widersprach Yariv.

„Stimmt. Aber es geht zunächst nur darum, herauszufinden, wer es ist. Legale Beweise sammeln können wir später!"

„Schafft das die Vorzimmerdame?", gab Yariv zu bedenken.

„Eleni ist für eine 50-jährige erstaunlich fit in Sachen Technik. Und es ist ja kein Hexenwerk. Bluetooth-Verbindung, App überspielen und installieren. Wenn Migiakis bei der Kabinett-sitzung sehr lange spricht, schafft sie das locker!"

„Gut. Aber eines macht mir Sorgen. Der Hintermann hat enorm viel investiert in seinen Plan – und viel riskiert. Mit Migiakis' Entscheidung, im Amt zu bleiben, kracht das ganze Kartenhaus zusammen. Außer …"

Yariv ließ das „außer" im Raum stehen und Angelos erbleichte.

„Außer man räumt Migiakis aus dem Weg. Verdammt. Ich bin ein Vollidiot!"

Angelos wischte hektisch auf seinem Handy herum.

„Ich hasse diese Wischerei … Antonis? Gott sei Dank. Wo bist du? Auf der Straße zum Flughafen? Du musst sofort umdrehen und zu uns zurück…"

Weiter kam Angelos nicht, denn er hörte ein Klirren, dann einen Aufschrei, hektisches Gebrüll und einen aufheulenden Motor.

Nur eine Minute zuvor hatte Mr. G innerlich gelacht. Der gepanzerte SUV war schon aus der Ferne leicht auszumachen. Das Gewicht sorgte für einen tieferen Radstand und G verstand nicht, warum man dies nicht mit

härteren Federn oder anderen Verstärkungen kaschierte. So aber könnte man die Fahrzeuge auch pink anstreichen und auf dem Dach ein Schild anbringen: „Hier ist das Ziel!"
Mr. G zielte und drückte ab, als das Fahrzeug mit Migiakis nur noch vierhundert Meter entfernt war. Kein störender Verkehr – dank Corona.

Doch Mr. G hatte trotz aller Planung einen Fehler begangen. Sicher: wie jeder Scharfschütze hatte er den Wetterbericht genau studiert, wobei nur ein Faktor zählte: die Windstärke. Gemeldet waren 4 bft, doch hätte er Mykonos gekannt, so hätte er gewusst, dass dies nur ein Mittelwert war. Der Meltemi ist kein gleichmäßiger Wind. Und so erfasste eine Bö der Stärke 7 die Kugel und sorgte für einen lebensrettende Abweichung von zehn Zentimeter.

35

Angelos raste in Richtung Flughafen und sah den SUV am rechten Rand stehen. Nein, er war gegen die Einfahrt des Flora-Marktes geprallt. Die hintere Tür war offen und ein Mann beugte sich hinein. Angelos rannte zu dem Fahrzeug und schrie: „Weg!"

Als er den Personenschützer herausgezogen hatte, sah er, dass Migiakis´ Kopf nach hinten gebeugt war. Aber das Blut lief ihm auf der linken Körperseite hinunter. Das Sakko war schon durchtränkt.

„Du .. kommst … zu … spät", stammelte Migiakis.

„Das höre ich öfters", antwortete Angelos und grinste.

„Scherzkeks", sagte Migiakis, verzog aber vor Schmerzen das Gesicht.

„Schulter oder Schlüsselbein. Aber die Kugel muss sofort raus, sonst bekommt er eine Sepsis", sagte Angelos und half Migiakis aus dem Wagen.

„Einer kann mit, der andere bleibt hier. Und keine Telefonate", fügte er in Richtung der Personenschützer hinzu.

„Sind Sie verrückt? Wer glauben Sie, dass …", begann einer der Personenschützer.

„Tut, w-was .. er .. sagt", stammelte Migiakis, während Yariv ihm in ihr Auto half.

„Das hier ist ein Verkehrsunfall. Sie sind in ein Schlagloch gefahren, haben dann das Steuer herumgerissen und sind gegen das Mäuerchen geprallt", rief Angelos und fuhr los in Richtung Klinik.

36

Chefarzt Silva stand mit offenem Mund im Gang.

„Das ist doch …"

„ …Alexis Athinos aus Saloniki. Haben wir uns verstanden? Und er ist gestürzt", schnitt ihm Angelos das Wort ab.

Verwirrt winkte Silva Angelos und Migiakis, der von einem Personenschützer gestützt wurde, durch.

Als er Migiakis Hemd aufgeschnitten hatte, sagte Silva:

„Das ist eine Schusswunde!"

„Herrgott. Natürlich ist das eine Schusswunde, aber es soll vorläufig niemand wissen. Der Herr Premierminister ist bestimmt meiner Meinung", entgegnete Angelos.

„Wie immer", knurrte Migiakis mit schmerzverzerrtem Gesicht.

„Na gut", meinte André und schickte Angelos und den Leibwächter aus dem Zimmer.

Im Wartezimmer stand Yariv.

„Den Abschleppdienst habe ich schon angerufen. Sie sind unterwegs. Ich habe ihnen gesagt, sie sollen das Fahrzeug bei euch im Hof abstellen. Und Gabriel lässt den Hafen sperren!"

„Super. Die offizielle Version ist, dass der Herr Premierminister bei einem Privatbesuch in unserem Haus gestürzt ist und sich das Schlüsselbein gebrochen hat. Das erklärt den Rucksackverband!"

„Und jetzt?"

„Fahren wir in die Villa. Wir brauchen die Technik", sagte Angelos.

„Ob das Khaled recht ist?", fragte Yariv.

„Das ist auch mein Haus. Und ohne dich wäre er nicht mehr am Leben. Ich hätte nicht an den Blinddarm gedacht!"

Die Tür ging auf und Chefarzt Silva kam herein.

„Der Herr Prem .., äh, Herr Athinos muss mindestens eine Nacht bleiben. Es ist viel Stoffgewebe in der Wunde und sie könnte sich entzünden!"

Angelos nickte.

„Wann weckst du Khaled auf?"

„Morgen. Und ich nehme an, ich soll vorher alle Ausgaben der ‚Kathimerini' im Haus einkassieren", sagte André grinsend.

„Geht Sie das Ganze etwas an?", ging Yariv dazwischen.

Der Chefarzt verdrehte die Augen.

„Der nächste edle Ritter, der für dich in die Bresche springt!"

37

Ich habe einen zeitlichen Vorsprung und den gedenke ich *nicht* zu nutzen.

Langjährige Erfahrung hatte Mr. G gelehrt, dass nach einem erfolgreichen Abschluss kaum etwas Dümmeres gibt, als zu fliehen. Am Tatort ist das Getümmel in der Regel so groß, dass er der sicherste Ort überhaupt ist. Polizei, Rettungskräfte und natürlich 200 Schaulustige, von denen 150 ihr Handy hochhalten und damit auch das freie Sichtfeld von Kameras einschränken.

Mr. G hatte die Bar durch die Rückwand verlassen und war über das Valet-Parking auf die Straße Richtung Paradise gelangt. Über das Gelände des Flora-Supermarktes näherte er sich dem verunglückten Fahrzeug.

Allerdings konnte er keine Leiche sehen. Ein schwarzer SUV war in Richtung Stadt davongerast, was aber nichts bedeutete. Auch eine Leiche würde man umgehend entfernen.

„Geht weiter, Leute. Hier gibt es nichts zu sehen. Außer einem Verkehrsunfall", schrie einer der Personenschützer – am Outfit leicht zu erkennen: Sonnenbrille, schwarzer Anzug und hinten eine Wölbung im Hosenbund.

Die Passanten rätselten, wie ein Auto auf gerader Strecke gegen die Mauer prallen konnte.

„Ein Herzinfarkt", vermutete ein älterer Passant und einige nickten.

„Und warum ist dann Blut auf dem Boden?", fragte ein Jüngerer.

Aber es war auffällig wenig Blut, zumindest gemessen an Mr. Gs Erwartungshaltung. Die beabsichtigte Verletzung hätte auch außerhalb des Wagens zu größeren Mengen Blut führen müssen.

Dieser vermaledeite Wind, dachte er. Der Meltemi blies aus allen Richtungen gleichzeitig, zumindest schien es Mr. G so.

Ich müsste Emre kontaktieren, aber was soll ich ihm melden?

Mr. G beschloss, dass sich Emre über das Fernsehen informieren könne. Ich kümmere mich um meine eigene Haut. Der Fluchtplan stand und war ohne größeres Risiko. Ein Fußmarsch von fünf Kilometern und Warten auf die Dunkelheit. Und während ich neben einem Felsen sitze, wird der Herr Kommissar die ganze Insel auf den Kopf stellen und sich verzetteln. Denn eines löst jedes Attentat aus: planloses Chaos und blinden Aktionismus. Doch hier sollte sich Mr. G täuschen.

Angelos Nikakis beschloss, vorläufig nichts zu tun und schaltete zuhause die Espresso-Maschine an.

38

Also wohl fühle ich mich irgendwie nicht", sagte Yariv. „Das war´s dann wohl mit ‚Bill and Coo'!"

„Nein, Kleiner. Wir bleiben erstmal dort. Morgen kommt Khaled nach Hause und dann reden wir!"

„Oh Gott! Das endet in einem Desaster", sagte Yariv.

„Aber es endet garantiert nicht so, dass ich dich aufgebe, falls dich das beunruhigt. Außer dir wird es zu kompliziert!"

„Ich bin für jede Minute mit dir dankbar",
sagte Yariv lächelnd.

„Ich auch, Kleiner. Aber jetzt schalte bitte um
auf Kommissar. Alles andere regeln wir
morgen!"

Yariv nickte.

„Wie würdest du als Attentäter flüchten?",
fragte Angelos.

„Mit dem Boot, wie sonst?"

„Wohin?"

„Tinos. Liegt am Nähesten!"

Angelos schüttelte den Kopf.

„Nein. Auf Tinos fällt jeder Fremde auf. Und
die Meeresströmung zwischen Mykonos und
Tinos ist tricky."

„Dann Naxos. Nicht sehr weit, mit einem
kleinen Boot in drei Stunden zu erreichen und
viel größer als Mykonos oder Tinos!"

Angelos nickte.

„Was bedeutet, dass der Täter an der Südost-
küste ein Boot haben müsste!"

„Kalafati, Kalo Livadi oder Lia", sagte Yariv.

"Er muss es benutzt haben, als er den ersten
Mord beging. Zu Fuß ein Katzensprung, Kalo
Livadi ist etwas beschwerlicher. Kalafati und
Lia sind aber breite Strände mit wenig
Versteckmöglichkeiten für ein Boot", wand
Angelos ein, schlug sich dann aber gegen die
Stirn.

„Agia Anna! Der kleine Strand neben Kalafati. Gehört zu einer italienischen Anlage. Die bleibt heuer aber geschlossen, deswegen fiele ein Boot nicht besonders auf. Dort ist momentan niemand!"

„Kameras?", fragte Yariv.

„Damit hat ein Profi kein Problem. Nein, wir müssen ihn vor Ort schnappen! Aber ich denke nicht, dass er es tagsüber versuchen wird!"

„Also bleiben wir erstmal hier. Und am Abend legen wir uns auf die Lauer", meinte Yariv. Doch Angelos schüttelte den Kopf.

„Zu riskant. Wir sind zu zweit und auf eine Schießerei kann ich verzichten!"

„Ohne wird es kaum abgehen", gab Yariv zu bedenken.

„Doch. Wir stellen ihn auf See", erklärte Angelos.

„Und wie?"

„Wir nehmen Khaleds Yacht. Wir haben Radar, Nachtsichtgeräte – und außerdem nimmt sie es mit jedem Rennboot auf", sagte Angelos.

„Hast du überhaupt einen Bootsschein?", fragte Yariv und lachte, weil er die Antwort schon kannte.

„Nö. Aber zur Not …"

„ … kannst du ihn dir selbst ausstellen", fuhr Yariv fort.

„Ich darf nur keine Delle reinfahren, sonst lässt Khaled sich scheiden", sagte Angelos und merkte erst danach, dass er Yariv damit eine Steilvorlage lieferte.
Der hielt den Kopf schräg, drehte an seiner Locke und sagte:
„Dann lässt du mich fünf Minuten ans Steuer!

39

Emre saß an seinem Schreibtisch in Thera. Es war eine kluge Entscheidung, dass das Unternehmen von Santorini aus geleitet wurde. Man brauchte keine Grenze überschreiten, gerade in spannungsgeladenen Zeiten wie jetzt ein wichtiger Sicherheitsaspekt. Zudem läuft die gesamte Kommunikation inländisch. Außerdem kann man problemlos zwischen den Orten des Geschehens hin und her pendeln.
Es hat eine Ewigkeit gedauert, bis Emre den großen Sultan davon überzeugt hatte, dass es besser war, das Projekt von Santorini aus zu leiten.

Doch im Moment war Emre unschlüssig. Es war 11.10 Uhr. Die Operation müsste beendet sein. Sicher: es war vereinbart, dass die Vollzugsmeldung erst dann abgesetzt wird, wenn der Schütze in Sicherheit ist. Aber Emre hatte eher darauf gesetzt, das Ergebnis als „Breaking News" bei Skai-TV zu sehen.
Doch es herrschte Funkstille. Kein roter Balken unten am Bildschirm.
Was nun? Entweder war das Unternehmen gescheitert, was Emre für unwahrscheinlich hielt. denn Mr. G hatte tadellose Referenzen. Oder aber man hielt die Geschichte noch unter der Decke, um Zeit zu gewinnen. Gut, aber das ließ sich nicht lange durchhalten. Auch mit Corona waren genügend Idioten auf der Straße, die bei Instagram oder Facebook jeden Unfall öffentlich machen. Die dritte Möglichkeit: das schwule Arschloch Nikakis hat Mr. G in die Finger bekommen. Nein, unmöglich. Er hatte nichts in der Hand. Kurz zögerte Emre, dann entschloss er sich, „Blue Star" anzurufen.
„Was ist nun?", plärrte es aus der Leitung.
„Immer die Ruhe. Es läuft alles nach Plan. Heute erschienen wieder zwei Zeitungen, die Ihre Nominierung unterstützen. Plus ein TV-Sender, der ein äußerst positives Porträt stündlich laufen lässt. Das Ganze verstärken

wir, sobald die Nachrichtensperre nicht mehr durchzuhalten ist!"

„Sind Sie sich sicher, dass das Att .., äh, die Aktion erfolgreich war?", fragte „Blue Star". Nein, ich bin mir nicht ganz sicher, dachte Emre, sagte aber: „Ja".

„Unten steht schon ein Fernsehteam", meinte „Blue Star".

„Beruhigen Sie sich. Die sind von uns. Damit Sie der Erste sind, der sich bestürzt zeigt und Bereitschaft signalisiert, das Land jetzt zu führen", antwortete Emre und lachte.

40

Die Sonne versank hinter den Felsen zwischen Kalafati und Agia Anna. Die Yacht lag etwa einen Kilometer vom Strand entfernt, weit genug, um nicht sofort wahrgenommen zu werden. In der Dunkelheit würde sie der Attentäter nicht sehen – oder zu spät.

„30 Minuten – dann könnte er sich auf den Weg machen. Kann aber auch vier Uhr früh werden", sagte Angelos.

„Und wir können die Zeit nicht einmal sinnvoll nutzen", sagte Yariv grinsend.

„Kein Gefummel während des Einsatzes, Kleiner. Verstanden?"

„Schaaade!"

„Nochmal. Du musst die linke Seite treffen. Arm, Schulter, egal. Er ist Linkshänder. Er muss zwar das Boot steuern, aber ich will kein Risiko eingehen, wenn wir ihn auffischen. Der zweite Schuss dann in die Luftkammer vorne! Kriegst du das hin?"

„Kümmere du dich ums steuern. Setzt du die Yacht auf Grund, werde ich Ehemann Nummer drei", sagte Yariv.

Ehemann drei?

Nein, Ehe funktioniert nicht. Nicht bei mir, dachte Angelos. Er fühlte zwar, dass die Geschichte mit Yariv etwas grundlegend Anderes war als mit Alex und Khaled – die Gefühle sind stärker, nicht kontrollierbar – aber dennoch: eine Garantie, dass es irgendwann nicht noch einmal passiert, gibt es nicht.

„Du musst mich aber nicht heiraten. Ich weiß, dass du mich liebst. Solange ich nur dein ‚Kleiner' bleibe", sagte Yariv.

„Schleichst du dich jetzt auch noch in mein Gehirn? Reicht dir das Herz nicht?", fragte Angelos.

„Sicher ist sicher. Ich weiß ja nicht, wie lange das funktioniert!"

„Was funktioniert?", fragte Angelos.

Es folgte: Hundeblick, Drehen an der Locke, Schmunzeln.

„Noch Fragen?"

Dann küsste Yariv Angelos.

41

Der Attentäter, Mr. G, war ein geduldiger Mensch. Ein Greenhorn wäre direkt nach Einzug der Nacht aufgebrochen. Doch vielleicht noch wichtiger als Trefferkünste waren für einen Profi-Killer Geduld.

Und so war es weit nach Mitternacht, bis das Zodiac-Schlauchboot aus der Bucht von Agia Anna hinaus aufs offene Meer fuhr.

Durch die Nachtsichtgeräte hatten Angelos und Yariv einen unschätzbaren Vorteil. Denn: Profi hin und her – mit einem Angriff auf dem Meer rechnete der Attentäter sicher nicht.

Der Wind hatte sich gegen Abend fast gelegt, ansonsten wäre jeder Schuss ein Lotteriespiel gewesen.

Angelos schaute nach achtern, ob der Bootshaken auch griffbereit lag.

„Bereit?", fragte Angelos leise.

„Aber sowas von", sagte Yariv. Doch ein Augenzwinkern bevor er schießen wollte, änderte das Zodiac seinen Kurs. Der Attentäter hatte das größere Boot erkannt und steuerte sicherheitshalber links an der Yacht vorbei.

„Mist", sagte Angelos und warf den Motor an. Schon nach dreißig Sekunden verringerte sich der Abstand zwischen den beiden Booten. Die Yacht war deutlich schneller als das Zodiac. Auch wenn das Schlauchboot wendiger war – auf Dauer waren die schnellen Richtungswechsel nicht durchzuhalten. Zudem konnte Mr. G nicht zur Waffe greifen. Mit rechts würden es nur Schüsse in den Nachthimmel werden.

Angelos überlegte. Den Kurs vor dem Zodiac kreuzen? Parallel, um schießen zu können? Oder hinten auffahren? Letzteres könnte den Attentäter töten, kein schwerer Verlust, aber der Motor des Zodiac könnte die Yacht schwer beschädigen. Khaled würde ausflippen.

Doch Angelos entschied sich für Letzteres.

Das Zodiac schlug einen erneuten Haken nach links, doch die Yacht war erstaunlich wendig. Na ja, für drei Millionen kann man auch etwas erwarten, dachte Angelos.

Und er hatte beim ersten Anlauf Glück. Angelos tippte auf einen Rechtsschwenk und hielt den Kurs mit Vollgas.

Ein metallisches Kreischen signalisierte, dass der Motor des Zodiac gegen die Yacht verloren hatte. Das Schlauchboot wurde unter Wasser gedrückt und schoss steuerbord wieder aus dem Meer heraus.

Yariv ließ den Scheinwerfer über die Wasseroberfläche wandern.

„Bleib in Deckung", schrie Angelos und zog seine Glock.

Für einen kurzen Augenblick war ein Kopf zu sehen, der hinter dem Zodiac verschwand.

„Los. Die Luftkammern", schrie Angelos. Mehrere Schüsse machten aus dem Schlauchboot ein Kunststoffpuzzle.

Plötzlich sah Yariv einen Kopf. Mit heftigen Bewegungen versuchte Mr. G über Wasser zu bleiben.

Angelos schnappte sich den Bootshaken und hielt ihn ins Wasser.

„Am Haken nur festhalten Mit links! Schuhe, Hose und Strümpfe ausziehen!", schrie Angelos.

„Warum das?", fragte Yariv leise.

„Ich will sicher sein, dass er keine Waffe mehr hat. Auch kein Messer am Fuß!"

Als Mr. G nur noch ein Shirt trug, winkte er.

„Wir ziehen Sie jetzt raus. Und der Kollege hält eine Glock in der Hand. Versuchen Sie es nicht einmal!"

Als Angelos den Attentäter zum Schwimmdeck zog, konnte er sehen, dass Mr. G auf der linken Seite des Oberkörpers blutete. Umso besser, dachte Angelos.

Er packte Mr. G am Shirt und zog ihn aufs Deck. Yariv stand zwei Meter entfernt und hielt die Glock mit gestreckten Armen.

Doch es war nicht vonnöten. Der Attentäter spuckte Wasser und hatte sichtlich Schmerzen.

Nicht erstaunlich, wenn man unter eine Yacht kommt.

„Nimm das Seil und fessele ihm die Füße, Yariv!"

„Die Füße?"

„Mach einfach", sagte Angelos und wartete, bis Yariv fertig war.

„Der Höflichkeit halber stellen wir uns jetzt vor. Sie sind …?"

„Ich bin Albaner und arbeite illegal in einer Hotelküche!"

Angelos grinste.

„Alles klar!"

Angelos befestigte das Seil am Geländer des Schwimmdecks und sagte leise zu Yariv:

„Du packst ihn oben, ich an den Beinen und dann über Bord!"

Yariv schaute verwirrt.

„Mach einfach!"

Mr. G flog ins Wasser, während Angelos nach vorne rannte. Dann gab er Gas.

Wie beim Steinehüpfen flog der Attentäter immer sechs bis sieben Meter und knallte dann auf die Wasseroberfläche – ungünstigerweise mit dem Gesicht nach unten.

„Du bringst ihn um", schrie Yariv gegen den Motor an.

Angelos zog den Gashebel nach hinten.

„Na gut. Schauen wir mal, ob er jetzt weiß, wer er ist!"

Sie zogen Mr. G auf das Schwimmdecke, aber der Mann. der dort lag, war ein anderer: Das Gesicht angeschwollen - und die Blutergüsse breiteten sich mit jeder Sekunde weiter aus.

„Nächster Versuch", sagte Angelos laut.

„Ich bin Alba …"

„Gut. Alles einsteigen für die nächste Fahrt", sagte Angelos und wollte den Attentäter wieder ins Meer werfen. Aber Yariv hielt ihn am Arm fest und schüttelte den Kopf.

„Und wer hat Mitleid mit seinen Opfern? Irini und Tsokolotos´ Frau waren nur die letzten auf einer langen Liste. Und ich möchte nicht, dass noch weitere hinzukommen", sagte Angelos bestimmt.

„Er bekommt trotzdem Schmerztabletten und eine Decke", erklärte Yariv nicht weniger deutlich.

„Wie hat dich André genannt? Den edlen Ritter? Aber gut. Schauen wir, ob du mit der sanften Tour etwas erfährst", entgegnete Angelos, dem Yarivs Widerspruch aber gefiel.

Fünf Minuten später lehnte der Attentäter an der Reling, nachdem Yariv ihn in eine Decke gepackt hatte.

„Ich würde Ihnen raten, die Albaner-Nummer schnell zu vergessen. Mein Kollege ist ganz wild auf eine Extrarunde", sagte Yariv zu Mr. G.

Der Attentäter stöhnte.

„Schauen Sie, Ihre Karriere ist ohnehin beendet. Nach dem Fehlschlag stehen Sie nun selbst auf der Abschussliste", sagte Angelos. „Aber der wichtigste Punkt ist: wir kennen Ihr Gesicht!"

Angelos hatte recht, denn Profikiller haben kein Gesicht. Sie meiden jeden unnötigen Kontakt. Gehen sie dennoch zu einem Treffen, dann verändern sie ihr Äußeres, manche unterziehen sich nach einigen Aufträgen einer Gesichts-OP.

Ein Foto eines Auftragsmörders bedeutet: er ist aus dem Geschäft. Ein Fahndungsbild bedeutet: er ist praktisch tot. Seine bisherigen Auftraggeber jagen ihn wie einen Hasen.

„Antonis Migiakis ist ein persönlicher Freund und ich bin mehr als nur verärgert", sagte Angelos und bewegte demonstrativ das Seil.

„Dann sind … Sie … wohl …", stammelte Mr. G.

„Angelos Nikakis. Entschuldigung. Ich hatte vergessen, mich vorzustellen!"

„Ah. Man hat mich gewarnt. Und mir empfohlen, Sie zuerst ins Visier zu nehmen", sagte der Attentäter unter Schmerzen.

„Verbindlichsten Dank, dass Sie es nicht getan haben. Aber befassen wir uns nun doch mit der Zukunft!"

Mr. G versuchte zu lachen, was in einem Hustenanfall und Stöhnen endete.

„Zukunft? Sie machen Witze!"

„Ganz und gar nicht. Ich nehme an, dass Migiakis Ihr letzter Auftrag sein sollte – vor dem Ruhestand. Nach einem Attentat auf der Ebene müsste jeder Profikiller für längere Zeit in der Versenkung verschwinden. Sie sind – verzeihen Sie - schon in fortgeschrittenem Alter. Die Jungen sitzen Ihnen im Nacken und wer weiß, ob Sie nicht deren nächstes Opfer werden. Ich mache Ihnen ein Angebot: mich interessiert nur der letzte Auftrag. Wenn Sie mir alles sagen, könnte ich Sie laufenlassen", sagte Angelos.

„Bist du verrückt?", fragte Yariv entsetzt.

Angelos nahm Yariv beiseite.

„Denk nach! Vor Gericht brauchen wir Beweise und es gibt keine. Männer wie er hinterlassen keine Spuren. Im Moment ist er, sagen wir, lediglich ein Urlauber, den wir gerammt haben. Noch dazu ohne Bootsschein. Er wäre nach kürzester Zeit frei – und damit tot. Seine einzige Hoffnung sind tatsächlich wir! Wenn dir eine andere Strategie einfällt: gerne!"

Aber Yariv hatte keine Alternative zu bieten.

„Dann sind wir uns ja einig", sagte Angelos und kniete neben dem Attentäter.

„Das ist der Deal: Schmerzmittel und wir versorgen die Wunde an der Schulter. Da Sie kein Boot mehr haben, bringen wir Sie nach Naxos. Dann können Sie sich in den Ruhestand verabschieden und betreten nie mehr griechischen Boden. Erzählen Sie uns irgendeinen Mist, gebe ich eine Fahndung mit Bild heraus. Das wäre Ihr sicherer Tod!"

42

Das kannst du nicht tun. Zumindest nicht, ohne Athens Zustimmung", sagte Yariv. „Hör zu. Migiakis ist mein Freund. Aber auch wenn nicht, müsste ich als Polizist das Leben des Premierministers schützen. Der erste Anschlag schlug fehl, aber das bedeutet nicht, dass sie es nicht noch einmal versuchen. Berufskiller gibt es genügend. Und glaube mir: für Migiakis ist es besser, er weiß nichts von dem, was ich hier heute mache. Er kann reinen Gewissens sagen, dass er von nichts wusste, wenn etwas schiefläuft", antwortete Angelos. „Er kann noch ein paar Tage bei uns bleiben. Aber sobald er wieder in Athen ist, beschützt ihn niemand. Selbst bei den Personenschützern kann man sich nicht sicher sein. Die Zwei hier sind sauber, ihre Panik war echt, aber ..."

Yariv grinste.

„Ich glaube, ich bleibe für immer hier. An normale Polizeiregeln könnte ich mich gar nicht mehr halten!"

Angelos legte den Arm um Yariv und sagte: „Ich hätte nichts dagegen, wenn du für immer bleibst!"

Yariv erstarrte.

„Meinst du das ernst?"

„Würde ich es sonst sagen? Ich brauche jemanden, der mich liebt und mir trotzdem widerspricht", sagte Angelos und ging zurück zu dem stöhnenden Mr. G.

„Sie haben mir alle Knochen im Gesicht gebrochen", sagte der Attentäter unter sichtbar großen Schmerzen.

„Soll ich ein Beschwerdeformular holen? Mir fällt es schwer Mitgefühl für Sie zu empfinden. Ihre Opfer wären froh über ein paar gebrochene Knochen – wären sie noch am Leben!"

„Die meisten hatten es mehr als verdient!"

„Mag sein. Meine zwei Opfer aber waren nichts anderes als Bauern beim Schach. Kanonenfutter!", sagte Angelos.

„Es war nicht mein Plan", knurrte Mr. G.

„Lassen wir das Philosophieren. Die ganze Geschichte mit Namen bitte. Eine weitere Runde Wasserski auf dem Gesicht wollen wir doch beide nicht, oder?"

Das Gesicht von Mr. G sprach Bände.

„Ich bekam eine Anfrage per Kurier!"

„Per Kurier? Vielleicht auch noch zu Pferd?", ätzte Angelos.

„Der Spott ist unangebracht. Denken Sie nach: nichts ist heutzutage mehr sicher. Email, Handy ... Sie hinterlassen immer Spuren und das ist das Letzte, was man in unserer Branche will. Auch normale Post wird mitunter kontrolliert, also läuft der Nachrichtenverkehr über vertrauenswürdige Kuriere, die natürlich nicht wissen, wer Absender und Adressat sind!"

„Wenn der Kurier den Adressaten nicht …", begann Angelos.

„Tote Briefkästen. Wie im billigen Spionage-thriller", presste der Attentäter hervor.

„Er braucht noch eine Schmerztablette, Angelos", mahnte Yariv.

Angelos nickte.

„Tablette ja, Pause nein!"

„Aber natürlich kennen Sie den Auftraggeber!"

Mr. G nickte.

„Emre. Früher Abteilungsleiter im MIT!"

MIT. Der türkische Geheimdienst.

„Aber es ist nicht so einfach, wie Sie glauben. Er ist ausgeschieden und hat sich sozusagen selbstständig gemacht!"

„Ein selbständiger Geheimdienst??", fragte Angelos zweifelnd.

„Ich sage doch: es ist ein Business wie jedes andere. Auch hier wird ausgesourct!"

„Es lebe die Globalisierung. Aber auch hier gibt es Auftraggeber und Kunden!"

„Natürlich. Aber es gibt keine sichtbare Verbindung und damit keine Verantwort-lichkeit. Scheitert der Geheimdienst bei einer Mission, so fällt dies auf die jeweilige

Regierung zurück. Daher beauftragt man einen Dritten, zu dem es dann keine sichtbare Verbindung gibt!"

„Gut", sagte Angelos. „Aber dieser Emre hat sicher einen Nachnamen!"

„Er heißt Emre Cahin. Er nennt sich zwar anders, Emre Paros, aber ich überprüfe meine Auftraggeber schon auch. Man fragt bei Kollegen nach ... Wir sind gründlich. Das gehört zu unserem Berufsbild", sagte Mr. G.

„Gibt´s dann auch eine Gewerkschaft? ‚Bund der Profikiller' vielleicht?", fragte Angelos schmunzelnd.

„Man hilft sich. Jedenfalls sitzt dieser Emre auf Santorini. Von ihm stammt der Auftrag, eine Person hier und eine andere in Athen zu neutralisieren!"

„Es heißt ermorden", ging Angelos dazwischen.

„Nennen Sie es, wie Sie wollen. Das Honorar war das Übliche!"

„Wie lief die Bezahlung?"

„Am Liebsten sind mir Diamanten. In diesem Falle waren es aber Bitcoins, die auf ein Konto in China gingen!"

„Hat Emre Ihnen den Zweck dieser Morde genannt?"

Mr. G schaute Angelos an, als wäre er nicht ganz bei Trost.

„Natürlich nicht. Solche Details wären eine Gefahr für mich. Ich brauche nur Informationen über das Opfer: Tagesabläufe, Beziehungen …"

„Also wussten Sie, dass die Frau hier, Irini, die Freundin von Samaris war, einem Politiker. Beim zweiten Fall war es ohnehin klar. Die Frau eines Ministers. Und sie haben nicht darüber nachgedacht, dass es ein großes Ganzes gibt?"

„Das große Ganze ist – wie schon gesagt – gefährlich für unsereiner. Zudem sollte es in Athen ein Selbstmord sein!"

„Bei dem Sie aber gepfuscht haben", stellte Angelos fest und bemerkte, dass Mr. Gs Gesichtsausdruck grimmiger wurde.

„Man hat mir versichert, dass die Untersuchungen von Elytis geleitet werden und der steht auf Emres Gehaltsliste. Ich konnte ja nicht ahnen, dass man den Kommissar aus Mykonos hinschickt!"

„Hätten Sie mal den Herrn Kommissar aus Mykonos ins Visier genommen", sagte Angelos schmunzelnd.

„Ich hätte Sie rund um die Welt gejagt", knurrte Yariv.

„Oh! Des Kommissars edler Ritter", sagte Mr. G schmunzelnd.

„Wir sollten doch noch eine Runde fahren", schlug Yariv vor.

„Bitte nicht. War doch nur Spaß. Es ist vielleicht mein letzter", sagte Mr. G.

„Ich halte mein Wort. Weiter", sagte Angelos.

„So wie er aussieht, kann er nicht nach Naxos. Er fällt doch sofort auf. Außerdem sieht er fast nichts mehr", wand Yariv ein.

„Machen Sie sich keine Gedanken. Ich komme zurecht, wenn Sie sich an die Abmachung halten!"

„Weiter", sagte Angelos.

„Der getürkte Selbstmord war ein Fehler. Aber wer rechnet denn damit, dass die Polizei den Seilabrieb unterm Mikroskop misst?"

Angelos lächelte.

„Emre war also zufrieden. Gut. Was passierte dann?"

„Etwas, was man niemals tun sollte. Einen kurzfristigen Auftrag annehmen. Noch dazu mit einem Ziel, das Aufsehen erregen würde!"

„Und was hat Sie veranlasst, anzunehmen?"

„Das Honorar. Es wäre mein letzter Auftrag gewesen. Ich habe ein gewisses Alter und man muss gehen, bevor man selbst im Sarg landet. Die Jugend rückt einem auf die Pelle!"

„Woher wussten Sie von Migiakis´ Besuch bei mir?", fragte Angelos.

„Der Secret Service in Athen. Emre hat dort einen Informanten. Ich bekam sogar ein Plan von den ‚Bill and .. , was auch immer. Aber da wäre es zu Kollateralschäden gekommen!"

„Da bin ich aber froh", sagte Yariv.

„Und Migiakis lebt", stellte Angelos zufrieden fest. „Ich vermute, Sie haben den Wind nicht richtig berechnet oder die Hand ist nicht mehr so ruhig wie früher!"

Mr. G schnaubte.

„Wie soll man diesen Wind denn einberechnen. Es ist eine einzige Lotterie!"

Angelos lachte.

„Bitte informieren doch Sie Ihre Kollegen, dass Mykonos kein guter Ort für einen Scharfschützen ist!"

„Um die Kollegen mache ich lieber einen großen Bogen!"

„Weiß Emre was passiert ist?"

Mr. G. schüttelte den Kopf.

„Er ging davon aus, dass er den Erfolg im Fernsehen zu sehen bekommt. Ich glaube, im Moment denkt er, dass Migiakis´ Tod verschwiegen wird!"

„Dann wollen wir es dabei belassen. Sie rufen ihn an und vereinbaren ein Treffen auf Santorini. Sie kommen mit der ersten Fähre. Sie lassen ihm keine Zeit für Fragen, verstanden?"

„Aber .. ich kann nicht nach Santorini. Er sieht mir doch sofort an …"

„Nein. Mein Freund hier ist ein erstklassiger Maler. Sie werden ihm eine genaue Beschreibung liefern und er …"

„Unnötig. Ich weiß, dass er im Hafen von Santorini ein kleines Reisebüro unterhält und Ausflüge an die türkische Küste anbietet, sinnigerweise. Das Büro ist in Athinos, gleich neben dem Kiosk!"

„Verbindlichsten Dank. Dann lassen wir den Herren von der Spezialeinheit zu einem Gespräch einladen. Er wird natürlich jede Verbindung nach Ankara leugnen!"

„Selbstredend. Aber wer soll es denn sonst sein? Ein neuer Premier wäre sehr nützlich, denn der könnte mit sich reden lassen, was die Gasfelder betrifft!"

„Natürlich wissen Sie nicht, wer der zukünftige Premier werden sollte!", sagte Angelos.

„Doch!"

Angelos traute seinen Ohren nicht.

„Ich dachte mir, dass ich vielleicht ein Hinterpfand gebrauchen könnte. Ich bin nach dem letzten Treffen nicht an Bord der Fähre. Ich bin auf Santorini geblieben und habe gewartet, bis er sein Büro verlassen hat. Da momentan keine Touristen da sind, ist er schon mittags zur Seilbahn. Ich bin in sein Büro und habe eine kleine Wanze versteckt!"

Angelos lachte.

„Was denn? Man muss sich rückversichern. Könnte ich Ihnen nichts bieten, würde ich im Meer landen", sagte Mr. G und grinste.
„Machen Sie es nicht so spannend!"
Mr. G holte Luft.
„Sie nennen ihn ‚Blue Star'!"
„Der Fährenreeder?", fragte Angelos ungläubig.
Der Attentäter schüttelte den Kopf.
„Nein. Der Codename ist nur eine Finte. Er sollte den Verdacht auf jemand anders lenken, sollte man dahinterkommen. Aber ‚Blue Star' ist auch ein Reeder. Emre hat sich in einem Gespräch verplappert. Er hat ein Filmteam zu ‚Blue Star' nach Hause geschickt, damit die erste Erklärung nach Migiakis´ Tod von ihm stammt. Und er sich zwischen den Zeilen selbst bewerben kann! Nachdem die bezahlten Journalisten ihn ja schon gestern ins Gespräch brachten als den besten Kandidaten für die reguläre Nachfolge. Und ich sollte diese reguläre Übergabe beschleunigen!"
Angelos schlug sich gegen die Stirn.
„Die ‚Kathimerini'! Die rote Hexe! Und in ihrem Kommentar empfahl sie Korbelis als neuen Premier!"
Mr. G grinste.

„Puzzle fertig. Jetzt hätte ich gerne eine einfache Fahrkarte nach Naxos. Aber bitte an Bord!"

43

Es war kurz vor sechs Uhr morgens, als Angelos und Yariv wieder in Mykonos ankamen und sofort in die Klinik fuhren.
„AUFWACHEN! DIE TÜRKEN STEHEN VOR DER KÜSTE", rief Angelos laut.
Premierminister Antonis Migiakis schreckte – erwartungsgemäß – aus dem Schlaf hoch.
„WAS? WIE? AUAAA!"
Sein Schlüsselbein wehrte sich gegen das unsanfte Wecken.
„Was zum Teufel willst du hier`? Verflucht, tut das weh!"
„Entschuldige, ich habe nicht an deine Verletzung gedacht. Aber du kannst mir ohnehin nie lange böse sein", sagte Angelos grinsend.
„Darauf würde ich mich nicht verlassen. Möchtest du mir verkünden, dass du wieder

heiratest? Passen Sie auf, junger Mann. Er ist ein Scheusal", knurrte Migiakis.

„Aber ein Süßes", erwiderte Yariv und küsste Angelos.

„HILFE! Der nächste Irre, der in den Nikakis-Topf fliegt. Und was machst du mit Khaled?"

„Frag mich was Leichteres", sagte Angelos.

„Dann sag mir bitte jetzt, warum du mich aufweckst!"

„Nun sei mal etwas freundlich. Schließlich haben wir den Attentäter gefasst. Innerhalb eines Tages. Nicht übel. Ach ja: wir haben ihn laufenlassen", sagte Angelos und grinste.

„IHR HABT WAAS?", schrie Antonis.

„Psst. Du weckst das ganze Krankenhaus auf! Also folgendes …"

Mit jeder Minute Erzählung wurde Antonis Migiakis´ Gesicht röter.

„Diese elende Drecksbande. Ich werde …"

„Du wirst gar nichts. Du bist bei uns im Haus gestürzt und kehrst morgen nach Athen zurück und dort bleibst du noch zwanzig Jahre Premier", sagte Angelos.

„Und Korbelis soll einfach so davonkommen? Niemals!"

„Es wird schwer, ihm irgendetwas zu beweisen. Dein Nachfolger werden zu wollen, ist ja nicht verboten. Ja, er hat mit diesem Emre telefoniert, aber das reicht nicht.

Aber ich habe einen Durchsuchungsbefehl für sein Haus. In der Regel wird der vom zuständigen Gericht einfach übernommen. Ich bin mir sicher: bei einem Reeder findet sich immer etwas und wenn es nur die Steuer ist. Dauert ein wenig, aber Rache ist ein Gericht, das man kalt genießt!"

„Lass mich raten: der Durchsuchungsbefehl ist ein Blankoformular, ausgefüllt von einem nervigen Bürgermeister!"

Angelos lachte.

Migiakis schaute Yariv an:

„Junger Mann. Bitte lernen Sie nicht allzu viel von ihm. Aber was rede ich. Ihrem Blick nach sind Sie ihm schon verfallen!"

Yariv grinste, küsste Angelos und sagte:

„Mit Haut und Haaren!"

„Grundgütiger!

Migiakis griff nach Angelos´ Hand.

„Und dieses Mal ist es der Richtige?"

„Antonis, bisher war Liebe für mich immer nur ein Feuer im Kamin. Mit ihm ist es ein Buschbrand!"

44

Es dauerte noch zwei Stunden, bis Khaled das Bewusstsein erlangte. Aus eigener Erfahrung wusste Angelos, dass man zuerst hört, aber noch nichts sieht. Erst nach zehn Minuten synchronisieren sich die Sinne. Khaleds noch trüber Blick fiel auf Angelos, der lächelte.

„Willkommen zurück!"

„Oh! Mit dir habe ich nicht gerechnet", antwortete Khaled leise.

Angelos merkte, wie sein Blutdruck stieg.

„Lass es, Khaled. Das ist nicht der richtige Moment. Im Gegensatz zu dir habe ich zwei Tage nicht geschlafen!"

„Hat dich der Kleine so auf Trab gehalten?"

Angelos wurde zornig und stand auf.

„Nein. Ein Anschlag auf Antonis. Und noch eines: der ‚Kleine' hat dir das Leben gerettet. Ich hätte nicht an den Blinddarm gedacht. Vielleicht hast du wenigstens die Größe, dich bei ihm zu bedanken. Er hat dir nichts getan, ich nebenbei bemerkt auch nicht. Sich zu verlieben ist kein Verbrechen und ich habe dir nichts verheimlicht. Aber gut – nicht heute.

Du musst noch zwei Tage hierbleiben. Wenn du danach Interesse an einem Gespräch hast: wir wohnen bei ‚Bill and Coo´" und bevor du fragst, ich bezahle es von meinem eigenen Geld. Ach ja: deine Yacht hat eine Delle. Schick mir die Rechnung!"

Angelos knallte die Türe hinter sich zu.

Yariv stand auf dem Gang und erkannte an Angelos´ hochrotem Kopf, dass der Kranken-besuch nicht wirklich optimal verlaufen war.

„Ich frage jetzt lieber nichts. Nach Hause?"

„Wo ist ‚zuhause'?", fragte Angelos.

Yariv nahm allen Mut zusammen und sagte: „*Unser* Zuhause. ‚Bill and Coo'!"

Angelos nickte.

45

Angelos stand am Rand der Terrasse und blickte aufs Meer. Sein Gesicht war wie eingefroren.

„Bitte lächle wenigstens ein bisschen, sonst muss ich annehmen, du liebst mich nicht mehr", sagte Yariv.

Angelos drehte sich um und lächelte.

„Na also, geht doch", sagte Yariv, ließ seine Augen leuchten und drehte an seiner Locke.

„Was soll ich nur tun?", fragte Angelos.

„Ich will ja nichts Schlechtes sagen, aber das war Khaleds zweiter übler Auftritt. Da ist auch sein Zustand keine Entschuldigung. Er braucht sich bei mir nicht zu bedanken, aber dir Vorwürfe zu machen, ist nicht fair. Was hat *er* denn damals gemacht? Er hat sich in dich verliebt und dafür gesorgt, dass Alex rasend eifersüchtig wurde. So hast du es jedenfalls erzählt. Außerdem hat er mir selbst gesagt, dass er mit der Situation zurechtkommt und dir nie Probleme machen würde. Und was tut er? Er macht dir Vorwürfe. Und er zerdeppert in *meiner* Wohnung ein Bild. Ich hab eine Woche daran gearbeitet!"

„BITTE WAS? D-das war doch ein Foto", sagte Angelos verdutzt.

Yariv lächelte.

„Danke für das Kompliment. Ich male seit ich denken kann. Und gar nicht mal so schlecht!"
„Wow. Ich dachte wirklich, das wäre ein Handyfoto!"
Yariv lachte.
„Die Vorlage war ein Foto. Ich konnte es aber nur teilweise verwenden, weil auf dem Original hast du eine Erektion. Für ein Gemälde an der Wand doch etwas gewagt!"
„Ich muss wohl noch einiges lernen über dich", sagte Angelos. „Könntest du dir vorstellen …"
„Mit dir zu leben? Darüber muss ich keine Sekunde nachdenken!"
„Aber was ist, wenn mir das Gleiche wieder passiert?"
„Kein anderer kann so treu schauen und gleichzeitig an einer Locke drehen wie ich. Also sehe ich keine Gefahr!"
Angelos lachte laut auf.
Yariv legte seine Arme um Angelos´ Hals und flüsterte ihm ins Ohr:
„Ich will dich glücklich machen, denn das macht auch mich glücklich!"
Und fügte hinzu: „Ah! Gänsehaut. Freut mich immer wieder aufs Neue!"
Angelos seufzte.
„Das kann ich Khaled nicht antun. Er hat alles aufgegeben für mich!"

„Was hat er denn aufgegeben? Seine Familie, die er gehasst hat. Einen Job, den er nie wollte. Er hat sich von allem befreit, außer von Luxus und Geld. Ich weiß nicht, ob nicht du derjenige warst, der alles aufgegeben hat. Du hasst doch diesen lächerlichen Luxus. Diese doofe Yacht, das Heizgebläse im Bad – mein Gott! Er hat dir sein Leben aufgezwungen und es geschafft, dass du glaubst, er wäre derjenige, der etwas verloren hat. Ich habe nichts. Ein paar Kartons, du hast es ja selbst gesehen – und ein zerschlagenes Bild, das den Menschen zeigt, den ich über alles liebe. Vor dir habe ich nicht mal im Traum daran gedacht, mit einem Mann zu schlafen. Ist das nicht Beweis genug? Ja, ich weiß, welche Knöpfe ich bei dir drücken muss, aber ich tue es nur, weil ich nicht ohne dich leben will, nein, nicht ohne dich leben kann. Deswegen …"

Es folgte der Hundeblick und das Drehen der Locke. Yariv musste selbst lachen.

„Ich erwarte nicht, dass du dich heute entscheidest, dazu bist du zu durcheinander. Ich bleibe auf dieser Insel und werde in irgendeinem billigen Zimmer warten – bis du kommst. Einen Monat, ein Jahr …"

Und Yarivs letzter Satz traf es am besten:

„Du wirst zu mir kommen, denn du liebst mich. Und ich? Ich bin verrückt nach dir!"

Angelos lächelte.

„Komm her, Kleiner. Das .. das war eine tolle Rede. Und ich sage es jetzt zum ersten Mal laut und deutlich: Yariv Markaris, ich liebe dich und kann mir ein Leben ohne dich nicht mehr vorstellen. Ich bitte dich nur um ein bisschen Geduld …"

„Schau mir ins Gesicht, Angelos. Was siehst du da?"

Angelos zögerte und fragte vorsichtig:

„Freude? Glück?"

„Das ist die Untertreibung des Jahres. Ich hatte keine Chance und jetzt sollen mir ein paar Wochen zu viel sein? Nimm dir alle Zeit der Welt. Deine Augen sprechen Bände. Und jetzt würde dir dein ‚Kleiner' gerne zeigen, dass ich dich auch anders glücklich machen kann. Ich bin zwar noch Anfänger, aber …"

„Yariv, unser Sex ist der beste, den ich je hatte!"

Und Yariv Markaris lief eine Träne über die Wange.

46

Komm, Kleiner. Wir müssen los", sagte Angelos, aber Yariv blieb sitzen.
„Mir ist überhaupt nicht wohl. Ich habe die Schüsse der Drogenhändler überlebt, bekomme aber dann einen Kopfschuss von einem eifersüchtigen arabischen Ehemann!"

„Jetzt mach dich nicht lächerlich. Khaled will mit uns sprechen. Er wird sicher nicht auf uns schießen!"

„Ach wirklich? Hätte der Khaled, den du kennst, in einer fremden Wohnung randaliert? In einem Anfall von Jähzorn, den du – nach deinen eigenen Worten – bisher nicht erlebt hast? Er ist Araber, also kein Kaltblüter!"

Angelos ließ sich in den Sessel fallen. Ganz unrecht hatte Yariv nicht. Khaleds Auftritt in Yarivs Wohnung hat mich mehr als verstört. Das war ein Khaled, den ich nicht kannte.

„Ich denke, und ich meine das nicht als Vorwurf, er wollte partout anders reagieren als Alex, dir zeigen, dass er nicht glaubt, dich zu besitzen. Aber auf Dauer funktioniert das Verstellen nicht und an dem Abend in meiner Wohnung ist dann alles herausgebrochen", sagte Yariv. „Ich will dich keineswegs drängen, aber in einem Punkt solltest du dir keine Vorwürfe machen. Er musste nichts aufgeben, was ihm nicht ohnehin eine Last war. Aufgeben musste nur du etwas: das Leben eines normalen Menschen ohne Hubschrauber, Riesenpalast und Yacht!"

„Du hast mit allem Recht, aber ich bin noch nicht soweit, alles hinzuwerfen", sagte Angelos leise. „Schaffst du es zu warten? Also, ich verlange es nicht von dir ..."
Yariv lächelte.
„Wie schon gesagt, ich warte. Basta. In der Zwischenzeit kann ich wieder ein bisschen malen. Ich muss ja das Bild von dir noch einmal malen. Vielleicht diesmal mit Erektion?"
Hundeblick und Lockedrehen.
„Apropos Erektion ...", sagte Angelos.

47

Eine Stunde später begaben sich die beiden auf den Weg zur Villa Nikakis. Kurz nach dem Kreisverkehr hielt Angelos an.

„Wir könnten in das Haus ziehen, in dem Alex und ich gewohnt haben! Wollen wir schnell vorbeifahren?"

„Klar. Aber ich würde auch in eine Hundehütte mit dir ziehen", sagte Yariv.

Sie fuhren hinunter nach Ornos und am Stadion vorbei.

„Da ist es", sagte Angelos.

Einen Wimpernschlag lang befiel Angelos ein flaues Gefühl, immerhin war Alex in diesem Haus gestorben, oder genauer: ermordet worden. Andererseits bin ich ihm dort nahe, dachte Angelos.

„Verstehe ich das jetzt richtig? Du zeigst mir das Haus nicht, weil ich dort auf deine Entscheidung warten soll, sondern weil …"

„ …weil ich mich entschieden habe. Bei Alex und Khaled war ich derjenige, dem hinterhergelaufen wurde. Natürlich habe ich beide geliebt, ich tue es heute noch. aber dieses Mal bin ich derjenige, der einem anderen verfallen ist… Es macht mir ehrlich gesagt Angst", sagte Angelos leise.

Yariv streichelte ihm über den Kopf.

„Das braucht es nicht. Denn ich bin garantiert der glücklichste Mensch auf der Welt. Ich bin verrückt nach dir. Du nach mir. Was kann Besseres passieren? Und sollte ich mal etwas verkehrt machen, weiß ich, was ich tun muss!"

„Was denn?", fragte Angelos.

Yariv hielt den Kopf schräg, setzte den Hundeblick auf und drehte an seiner Locke. Und beide lachten.

Das Handy brummte. Das Rathaus.

„Oh bitte, keine neue Hiobsbotschaft!"

Angelos wischte über das Display.

„Hallo, Chef. Wo bist du?"

„In Ornos. Ich zeige Yariv unser altes Haus! Also das von Alex und mir!"

Stille.

„Das geht aber schnell. Bist du glücklich?", fragte Gabriel.

„Sehr!"

„Dann tust du das Richtige. Glückwunsch. Nur kurz: das Oberhaupt der orthodoxen Kirche hat seinen Besuch angekündigt. Witzig. Er besucht eine Insel, deren Bürgermeister schwul ist und zwei Männer hat! Der eine ist Moslem, der andere Jude. Das wird köstlich!"

„Ich sollte dich nach Dragonisi versetzen!", sagte Angelos und beendete das Gespräch.

Dragonisi ist ein unbewohnter Felsen im Meer.

„Mir bleibt auch nichts erspart", knurrte Angelos.

„Was ist?", fragte Yariv.

„Seine Heiligkeit, Hieronymus I. besucht Mykonos!"

„Oh! Dann könnte er uns beide ja segnen!", meinte Yariv.

Angelos lachte.

„Er ist für dich nicht zuständig. Du bist Jude!"

„Stimmt. Hatte ich fast vergessen!", antwortete Yariv und grinste.

Der Besuch des Metropoliten von Athen, so der korrekte Titel, sollte denkwürdig werden. Aber das konnten Angelos Nikakis und Yariv Markaris zu diesem Zeitpunkt natürlich noch nicht wissen.

Die Corona-Krise wirkt sich auch auf die Reihenfolge der Bände aus. Für zwei Fälle wären Tauchgänge vonnöten gewesen bzw. ein Ortstermin bei der Radarstation auf Mykonos. Beides konnte erst im August erfolgen – zu spät.
Daher werden zwei Bände vorgezogen: „Pontifex" und „Sisa".

Band 22 Mykonos Crime Pontifex erscheint vorauss. Ende Oktober!

Das Oberhaupt der orthodoxen Kirche, Hieronymus, besucht Mykonos. Ein unangenehmer Termin für den schwulen und atheistischen Bürgermeister und Kommissar Angelos Nikakis.
Während des Besuchs wird der Staatssekretär des Metropoliten ermordet aufgefunden.

Hieronymus bittet Angelos um Hilfe, denn es geht nicht nur um einen Mord, sondern um die schiere Existenz der griechischen Kirche. Ein Pergament aus dem 4. Jahrhundert stellt deren Zukunft infrage.

Das Oberhaupt der orthodoxen Kirche, Hieronymus, besucht Mykonos. Ein unangenehmer Termin für den schwulen und atheistischen Bürgermeister und Kommissar Angelos Nikakis.
Während des Besuchs wird der Staatssekretär des Metropoliten ermordet aufgefunden.
Hieronymus bittet Angelos um Hilfe, denn es geht nicht nur um einen Mord, sondern um die schiere Existenz der griechischen Kirche. Ein Pergament aus dem 4. Jahrhundert stellt deren Zukunft infrage.

Paul Katsitis

Mykonos Crime 22

Pontifex

Angelos Nikakis' 22. Fall

MYKONOS CRIME 22   PONTIFEX   Paul Katsitis

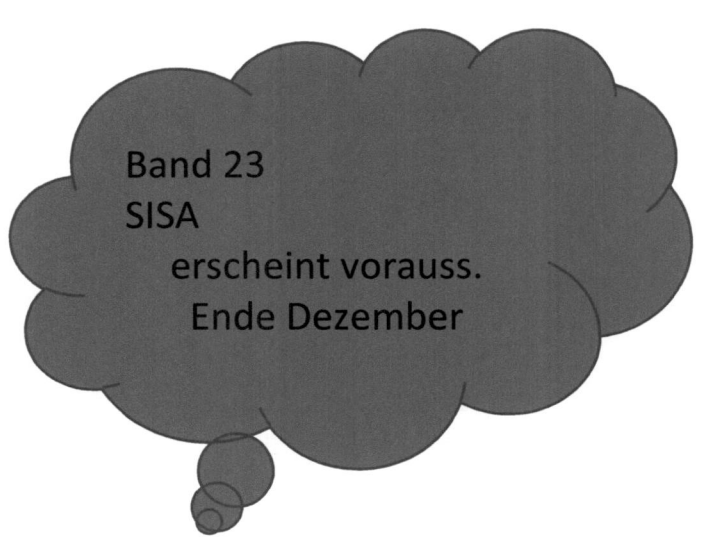

Band 23
SISA
    erscheint vorauss.
    Ende Dezember

Paul Katsitis – Yariv 21

Mykonos im Juni: gähnend leer, dank Corona.
Nach der Öffnung der Insel ist es vorbei mit
der erzwungenen Ruhe: im Haus eines
Politikers wird eine tote Frau gefunden.
Und Kommissar Angelos Nikakis hat noch ein
weiteres Problem: sein Kollege Yariv wird bei
einem Einsatz in Athen schwer verletzt.

Paul Katsitis – Darknet 20

An der Uferpromenade mitten in Mykonos-
Stadt wird die Leiche eines jungen Mädchens
gefunden, das niemand kennt. Gefoltert und
vergewaltigt.
Als ein zweites Opfer gefunden wird, vermutet
Kommissar Angelos Nikakis, dass er es mit
einem Pädophilenring zu tun haben könnte.
Zusammen mit seinem Athener Kollegen Yariv
Markaris, einem Darknet-Spezialisten, nimmt er
die Spur auf. Er stößt dabei auf Beteiligte, die
aus den höchsten Kreisen in Athen stammen
und die ihre eigene „Flüchtlingspolitik"
verfolgen.

Paul Katsitis – Carneval 19

Carneval in Griechenland? Bestimmt nicht, denken viele. Von wegen: Rosenmontag ist einer der wichtigsten Feiertage. Doch auf Mykonos wird Carneval gestört: in der Nähe von Kalafati wird ein Motorradfahrer tot aufgefunden. Obwohl der Kopf abgetrennt wurde, gelingt es Kommissar Angelos Nikakis schnell, ihn zu identifizieren: das Opfer ist ein Emirati, Landsmann von Angelos´ Ehemann Khaled. Zufälle gibt es nicht, sagt Angelos immer – und leider behält er Recht.

Paul Katsitis – Tödliche Libido 18

Auf einem Kreuzfahrtschiff wird ein 19-jähriger Steward vermisst.
Kommissar Angelos Nikakis nimmt den Fall zunächst nicht ernst. ‚Der Junge macht sich auf Mykonos ein paar schöne Tage‘, denkt er. Und es gibt keine Leiche.
Doch er täuscht sich. Eines Abends besucht ihn der Premierminister, Antonis Migiakis, der mit Angelos befreundet ist und gesteht, dass der junge Pavlos sein heimlicher Liebhaber war.

Kurz darauf melden sich die Entführer – und die Forderungen haben es in sich. Angelos muss den Jungen finden, sonst ist Migiakis politisch erledigt.
Und zur Lösung des Falls braucht er die Hilfe eines altbekannten Drogenbarons: Abu Bakar.

Paul Katsitis – Botschafter 17

Kommissar Angelos Nikakis und sein Partner Khaled retten ein Kind vor dem Ertrinken. Es ist zufällig der Sohn des israelischen Botschafters. Aus Dankbarkeit wird der Botschafter der Trauzeuge von Angelos und Khaled. Einen Tag später zerreißt eine Bombe dessen Wagen. Was zunächst nach einem Terrorakt aussieht, entpuppt sich als ein Geflecht aus Kunstdiebstahl, Verschwörung und Mord. Und Kommissar Nikakis muss tief in der Vergangenheit wühlen.

Paul Katsitis – Spione 16

Ein russischer Überläufer soll über Mykonos in den Westen geschleust werden. Auf der

Kykladen-Insel soll er sich in einer der zahlreichen Schönheitskliniken einer gesichtsveränderten Operation unterziehen. Kommissar Angelos Nikakis soll den Agenten während des Aufenthaltes schützen. Kein größeres Problem, denkt er. Bis plötzlich drei Geheimdienste auf der Insel am Werk sind. Und sich letztlich Angelos´ Leben für immer verändert.

Paul Katsitis – Khaled 15

Eine Explosion auf Delos töten einen Archäologen. Das erste Rätsel für Kommissar und Bürgermeister Angelos Nikakis. Das zweite Rätsel hingegen – wen er denn nun liebt – löst sich: er trennt sich von Alex und zieht zu Kronprinz Khaled. Doch zwei Tage später wird dieser von einem Attentäter niedergeschossen.

Paul Katsitis – Trauma 14

Chefermittler und Bürgermeister Angelos Nikakis glaubt es zunächst nicht: auf der trockenen Insel Mykonos soll ein Golfplatz errichtet werden. Als Nikakis den Investor trifft, glaubt er ihn zu kennen. Bevor er sich erinnert, ereignen sich zwei Morde.
Angelos´ Ehemann Alex findet währenddessen heraus, woher Angelos den Investor kennt.
Bald geschieht ein dritter Mord. Und der Täter ist Alex.

Paul Katsitis – Royals 13

Zehn Seemeilen entfernt von Mykonos wird ein großes Gasfeld entdeckt. Bürgermeister und Kommissar Angelos Nikakis greift zu allen (auch illegalen) Tricks, um Bohrtürme in der Ägäis zu verhindern.
Als dann eine Prinzessin des Emirats Katar während eines Besuchs auf Mykonos entführt wird, scheint es zunächst nicht so, als würde ein Zusammenhang bestehen. Wenige Tage später ist die Prinzessin tot – und Angelos Nikakis sitzt im Gefängnis.

Paul Katsitis – Der Putsch 12

1967 putscht in Griechenland das Militär. Hellas und auch Mykonos ächzen unter der Diktatur.
52 Jahre später gibt es wieder einen Regierungswechsel in Athen. Doch die Ereignisse von damals werfen ihre späten Schatten.
Ein Flugzeugabsturz und Kommissar Angelos Nikakis sorgen dafür, dass es zu einem politischen Erdbeben kommt.

Paul Katsitis – Glut 11

Der Alptraum aller Chora-Bewohner wird wahr. Ein Großbrand wütet in den engen Gassen der Stadt. Eine knifflige Aufgabe nicht nur für die Feuerwehr, sondern auch für Kommissar und Bürgermeister Angelos Nikakis. Denn in einem Haus findet man eine Leiche. Ein Brandopfer, denken viele. Doch sie wurde erschossen. Drei weitere Morde und der Wiederaufbau lassen Angelos kaum Zeit Luft zu holen.

Paul Katsitis – Abseits 10

Im Stadion von Mykonos wird die Leiche eines Mannes gefunden. Da der Mann Fan von Olympiakos Piräus war, geraten alle Anhänger des Konkurrenzvereins Panathinaikos Athen in Verdacht. Die Indizien lassen zunächst keine andere These zu und der Hass zwischen beiden Lagern ist tatsächlich so groß, dass auch ein Mord im Bereich des Möglichen liegt.
Doch als Kommissar Angelos Nikakis in die Welt der Spielerscouts eintaucht, stellt er fest, dass es um ganz andere Dinge ging: um Menschen-handel, Pädophilie und natürlich eine Menge Geld!

Paul Katsitis – Sturm über Mykonos 9

Paul Katsitis – Die Maske 8

Nach einem Banküberfall erschießt Alex einen der Räuber auf der Flucht. Da er ihn ohne Vorwarnung in den Rücken geschossen hat, steht er bald unter Anklage.
Im Schatten des Prozesses gelingt es einem neuen, besonders brutalen Drogenhändler,

genannt „Máská", sein Netzwerk auszubauen. Und er zögert auch nicht, als sich ihm die Gelegenheit bietet, Kommissar a.D. Angelos Nikakis aus dem Weg zu räumen.

Paul Katsitis – Hass 7

Es ist ein besonderer Fall für die beiden Ermittler Alex und Angelos Nikakis. Die Leiche eines jungen Mannes wird in den Dünen gefunden. Am und im Körper des Toten findet sich die DNA von Angelos.
Er wird verhaftet.

Paul Katsitis – Skalpell 6

Am Strand von Ornos wird eine Frauenleiche gefunden. Es ist die Tochter des Bürgermeisters. Der Leiche fehlen Nieren und Leber.
Doch es geht bei der Mordserie nicht nur um Organe, wie die beiden Ermittler Alexandros und Angelos Nikakis bald feststellen. Es existiert ein komplexes Netzwerk, das verschie-dene kriminelle Felder abdeckt, und so mancher Inselbewohner ist darin verstrickt.

Paul Katsitis – Inzest 5

Ein Bräutigam, der sich am Tag der Hochzeit vom Balkon stürzt und eine Mädchenleiche in einer Wagenpresse. Zwei Fälle für die beiden Ex-Kommissare Alex und Angelos Nikakis Zwei Fälle, die sich nach und nach aufeinander zu bewegen.

Paul Katsitis – Der-Drei-Sterne-Mord 4

Im besten Restaurant der Insel wird der Chefkoch, ehemals Leibkoch Gaddafis, mit durchschnittener Kehle aufgefunden. Ein schwieriger Fall für Alex und Angelos, zumal die eigene Familie mit beteiligt ist. Der Fall erfährt eine erstaunliche Wendung, als die beiden Ermittler erfahren, dass der britische Außenminister Mykonos besucht – auf dem Landsitz des griechischen Premierministers.

Paul Katsitis – Tattoo 3

Zwei Highlights stehen auf dem Programm des Wochenendes: ein hochdotiertes Beachvolleyball-Turnier und die Eröffnung der ersten Spielbank auf der Insel.
Nicht ins Programm passen zwei Tote: ein 19-jähriger Junge und einer der Beachvolley-

ballspieler. An dessen „natürlichem Tod" haben die Ermittler Alex und Angelos so ihre Zweifel.

Paul Katsitis – Rache 2

Im Kloster Ano Mera auf Mykonos wird ein Priester tot aufgefunden, dessen Leiche übel zugerichtet ist. Es sieht nach einem Rachemord aus – doch wofür?

Paul Katsitis – Die Bestie von Mykonos

Zwei Kriminalbeamte, Alexandros und Angelos, quittieren den Dienst und eröffnen gemeinsam auf Mykonos eine Bar. Nebenher betreiben sie eine kleine Privat-Detektei. Da die Polizei chronisch unterbesetzt ist, werden Alex und Angelos – wegen ihrer Erfahrung - regelmäßig hinzugezogen.
Mykonos ist in Aufruhr. Offensichtlich foltert, vergewaltigt und tötet ein Mann junge Touristen. Um ihn zu stellen, bleibt nichts anderes übrig, als dass Angelos den Lockvogel spielt – mit furchtbaren Konsequenzen ...

Weitere Mykonos-
Bücher

MYKONOS LOVE STORY
Von Michael Markaris

„Die Mykonos Love Story 1-11" von Michael Markaris.
Kommissar Pandis hat mit 53 sein Coming-Out und verliebt sich in den 29-jährigen Angelos.

Bisher erschienen:
Mykonos Love Story 1
Mykonos Love Story 2 – Das goldene Ei
Mykonos Love Story 3 – Morgenröte über Mykonos
Mykonos Love Story 4 - Mykonos Speed
Mykonos Love Story 5 – Rape-Vergewaltigung
Mykonos Love Story 6 – Der rosa Leopard
Mykonos Love Story 7 – Rückkehr der Leoparden
Mykonos Love Story 8 – Crash!
Mykonos Love Story 9 – Der tote Pelikan
Mykonos Love Story 10 – Photia-Feuer
Mykonos Love Story 11 – Der tote Archäologe